AF140597

© 2025
likeletters Verlag
Inh. Martina Meister
Legesweg 10
63762 Großostheim
www.likeletters.de
info@likeletters.de

Alle Rechte vorbehalten.

Autorin: Alisa Kevano
Bildquelle: Chat GPT

ISBN: 9783689490300

Teilweise kam für dieses Buch künstliche Intelligenz
zum Einsatz.

BZSE
Liebe im Einsatz
Band 1
Über dem Abgrund
Alisa Kevano

Inhaltsverzeichnis

Kapitel 1: Fünf Stockwerke über Frankfurt

Adrian Schäfer beobachtete die Monitore vor sich mit konzentriertem Blick. Auf dem größten Bildschirm glitt die Drohne lautlos durch die Nacht, etwa zweihundert Meter über den Wolkenkratzern der Frankfurter Innenstadt.

Die hochauflösende Wärmebildkamera zeigte drei pulsierende weiße Punkte auf dem Dach eines der prominentesten Banktürme. Antennen, die laut offiziellen Unterlagen nur zur Kommunikation des Gebäudesystems dienten.

Dass sie um 2:30 Uhr nachts aktiv waren, passte nicht ins Bild.

«Kannst du noch näher ran?» Adrian sprach ruhig ins Mikrofon seines Headsets. Seine Stimme verriet nichts von der Anspannung, die er verspürte.

«Negativ», antwortete der Drohnenpilot. «Bei dieser Windstärke riskieren wir eine Entdeckung. Die Frequenzscanner zeichnen aber bereits auf.»

Adrian nickte, obwohl ihn niemand im abgedunkelten Kontrollraum der BZSE sehen konnte. Er strich sich durch das kurze, dunkelblonde Haar und lehnte sich zurück.

Drei Monate Überwachung und endlich hatten sie Aktivität.

Wenn seine Theorie stimmte, wurde der Römer-Turm – wie

auch drei weitere Hochhäuser in der Stadt – als Teil eines illegalen Kommunikationsnetzwerks genutzt.

«Wir haben Datenübertragung», meldete einer der Techniker. «Verschlüsselt, aber das Muster entspricht den vorherigen Aufzeichnungen.»

«Zeit?», fragte Adrian knapp.

«Exakt 147 Sekunden, dann Stille. Wie beim letzten Mal.»

Adrian machte eine Notiz auf seinem Tablet. Diese Regelmäßigkeit war kein Zufall.

Der Bildschirm zeigte nun wieder normale Wärmesignaturen. Was auch immer übertragen wurde, es war vorbei. Adrian stand auf und streckte seine verkrampften Schultern.

Zwölf Stunden Überwachung für eine Aktivität von gerade mal 147 Sekunden!

«Schicht beenden. Alles dokumentieren, morgen früh komplette Analyse.»

Als sich der Raum leerte, blieb Adrian stehen und starrte auf die Skyline von Frankfurt.

Irgendwo da draußen war jemand, der ein hochkomplexes, illegales Kommunikationsnetzwerk betrieb.

Drei Monate und sie hatten nur Datenfragmente.

Es musste endlich einen Durchbruch geben.

Sein Apartment lag im Westend, klein, aber funktional. Adrian streifte die Jacke seines grauen Anzugs ab und hängte sie ordentlich über einen Bügel. Alles hier hatte seinen Platz – minimalistisch, praktisch, berechenbar. Genau wie sein Leben seit dem Vorfall.

Das Wasser der Dusche war heiß genug, um die Verspannungen in seinen Schultern zu lösen. Er lehnte die Stirn gegen die kühlen Fliesen und ließ den Tag von sich abwaschen.

Die BZSE erwartete Ergebnisse, bald. Direktor Brandt hatte ihre Ungeduld deutlich gemacht.

Als sein Handy klingelte, trocknete er sich hastig ab und griff danach.

«Schäfer.»

«Hier Thomas. Aus der Cyberabteilung.» Die Stimme klang aufgeregt. «Ich habe die Daten der letzten Wochen noch einmal durch das neue Entschlüsselungsmodul laufen lassen. Es gibt ein Muster.»

Adrian schaltete auf Lautsprecher und zog sich an, während Thomas sprach.

«Die Übertragungen erfolgen nicht nur zeitlich, sondern auch räumlich in einem bestimmten Muster. Sie bilden ein Netzwerk zwischen den vier Hochhäusern, aber…»

«Aber was?»

«Sie brauchen einen fünften Punkt. Die Daten werden gesammelt und dann… irgendwohin weitergeleitet.» Thomas atmete hörbar ein. «Und ich glaube, ich weiß, wo dieser Punkt ist.»

«Ich bin in zwanzig Minuten im Hauptquartier.»

Das BZSE-Gebäude am Stadtrand von Frankfurt sah von außen wie ein gewöhnlicher Bürokomplex aus. Nichts deutete auf die hochmoderne Sicherheitseinrichtung im Inneren hin. Adrian passierte die Gesichtserkennung und den Retina-Scanner und eilte zum Aufzug.

Thomas erwartete ihn bereits im Besprechungsraum der Abteilung II. Mit seinem zerknitterten Hemd und der schiefen Brille sah er aus, als hätte er die Nacht durchgearbeitet – was wahrscheinlich der Fall war.

«Hier.» Thomas zeigte auf einen großen Bildschirm, auf dem eine 3D-Karte von Frankfurt schwebte. Vier rote Punkte markierten die überwachten Hochhäuser, verbunden durch blau pulsierende Linien.

«Die Daten werden hier gesammelt.» Er zeigte auf einen Punkt, an dem die Linien zusammenliefen. «Der Turm am Westhafen.»

Adrian betrachtete die Karte stirnrunzelnd.

«Dort gibt es keine entsprechenden Antennen.»

«Nein, aber hier.» Thomas vergrößerte einen Bereich und zeigte auf eine Wartungsplattform an der Außenseite des Gebäudes. «Diese Serviceeinheit wurde vor sechs Monaten installiert, angeblich für die Klimaanlage. Ist aber nirgendwo im offiziellen Bauplan verzeichnet.»

Adrian spürte, wie sein Puls sich beschleunigte.

Das war es.

«Wir brauchen sofort Zugang zu dieser Plattform.»

Thomas zuckte mit den Schultern.

«In 213 Metern Höhe? Das ist keine normale Razzia, Adrian.»

«Dann besorgen wir uns jemanden, der uns dorthin bringen kann.»

Moritz Bauer liebte den Moment zwischen Angst und Freiheit. Den Augenblick, in dem er sein Gewicht in die Seile legte und sich vom Dach eines Wolkenkratzers abstieß.

Dieser perfekte Moment der Schwerelosigkeit, bevor die Ausrüstung griff und ihn sicher hielt.

Heute war es das Dach eines der neuesten Wolkenkratzer im Finanzviertel. Sechzig Stockwerke über Frankfurt und ein Sturm zog auf.

Eigentlich keine idealen Bedingungen für Wartungsarbeiten an der Fassade, aber der Kunde hatte auf Dringlichkeit bestanden, und Moritz' Firma brauchte den Auftrag.

Er prüfte den Sitz seines Klettergurts ein letztes Mal und gab seinem Kollegen ein Zeichen. «Ich mach die Ostseite fertig, bevor der Wind zu stark wird.»

Der andere Kletterer nickte.

«Beeil dich. Das Wetter sieht nicht gut aus.»

Moritz setzte den Helm auf und befestigte die GoPro. Die Aufnahmen dienten als Dokumentation für den Kunden. Mit einem tiefen Atemzug ließ er sich über die Kante gleiten und begann den Abstieg.

Der Wind zerrte an seiner Ausrüstung, aber Moritz bewegte sich sicher und methodisch. Die Jahre als Sportkletterer hatten ihm ein instinktives Gefühl für Balance gegeben. Er prüfte die Fassadenelemente auf Schäden, während er sich Stockwerk für Stockwerk nach unten arbeitete.

Im vierzigsten Stock bemerkte er etwas Ungewöhnliches. Eine kleine schwarze Box, kaum größer als eine Zigarettenschachtel, war hinter einem Lüftungsgitter montiert.

Keine normale Gebäudetechnik.

Moritz fotografierte sie aus verschiedenen Winkeln und machte sich eine mentale Notiz.

Das war bereits die dritte dieser Boxen, die er in den letzten Wochen an verschiedenen Hochhäusern gefunden hatte.

Sein Handy vibrierte in der Tasche.

Moritz sicherte sich mit einer Hand und zog es heraus.

Eine unbekannte Nummer.

«Bauer.»

«Herr Bauer? Hier spricht Dr. Brandt vom Bundesinnenministerium.» Die Frauenstimme klang autoritär. «Wir müssen dringend mit Ihnen sprechen. Es geht um Ihre Beobachtungen an den Hochhausfassaden.»

Moritz' Blick flog zur schwarzen Box. Woher wussten sie davon?

«Worum geht es genau?»

«Das können wir nicht am Telefon besprechen. Ein Wagen erwartet Sie am Fuß des Gebäudes, sobald Sie fertig sind.»

Die Leitung wurde unterbrochen, bevor er antworten konnte. Moritz starrte sein Handy an, dann die schwarze Box. Er hatte das

Gefühl, dass sein Leben gerade um einiges komplizierter geworden war.

Mit einem leicht mulmigen Gefühl setzte er seinen Abstieg fort, den Blick jetzt wachsamer als zuvor.

Wer auch immer diese Frau war – sie wusste genau, wo er sich befand, und sie interessierte sich für etwas, das definitiv nicht Teil seiner normalen Arbeit war.

Als er den Boden erreichte, wartete tatsächlich ein schwarzer Wagen mit getönten Scheiben. Ein Mann in einem tadellosen grauen Anzug stand daneben – groß, durchtrainiert, mit kurzen dunkelblonden Haaren und einem Gesicht, das nichts von seinen Gedanken preisgab.

«Herr Bauer? Adrian Schäfer.» Er streckte die Hand aus. «Wir müssen reden.»

Moritz löste seinen Helm und schüttelte sein lockiges Haar frei.

Er musterte den Mann vor sich und spürte instinktiv, dass dieser Tag sein Leben verändern würde.

«Worum geht es?»

«Um nationale Sicherheit», antwortete Schäfer. «Und um Ihre Fähigkeit, Orte zu erreichen, die für andere unerreichbar sind.»

Kapitel 2: Unerwartete Verbindungen

Der schwarze Dienstwagen glitt lautlos durch den abendlichen Verkehr Frankfurts. Adrian saß am Steuer, den Blick konzentriert auf die Straße gerichtet, während er immer wieder aus dem Augenwinkel seinen ungewöhnlichen Beifahrer musterte.

Moritz Bauer lehnte mit verschränkten Armen im Sitz, sein lockiges Haar noch leicht feucht vom Regen, der inzwischen eingesetzt hatte. Seine Kletterjacke hatte dunkle Flecken auf dem Polster hinterlassen.

«Sie nehmen also regelmäßig Fremde in Ihren Wagen auf, ohne ihnen zu sagen, wohin die Fahrt geht?», fragte Moritz mit hochgezogener Augenbraue.

Adrian lächelte kurz.

Es war ein flüchtiger Ausdruck, der sein sonst kontrolliertes Gesicht kaum veränderte. «Nur wenn diese Fremden etwas gesehen haben, das sie nicht hätten sehen sollen.»

«Die schwarzen Boxen?»

Adrian warf ihm einen überraschten Blick zu. Normalerweise hatten Zivilisten nicht diesen direkten Ansatz.

«Sie scheinen nicht besonders beunruhigt zu sein.»

Moritz zuckte mit den Schultern, eine fließende, entspannte Bewegung. «Ich hangle mich täglich an Hochhausfassaden entlang. Da entwickelt man ein anderes Verhältnis zu Angst.»

Er drehte sich leicht im Sitz, um Adrian direkt anzusehen. «Außerdem haben Sie nicht die typische Ausstrahlung eines Entführers.»

«Sondern?»

«Eines Mannes, der zu viel Verantwortung trägt und zu wenig schläft.»

Adrian spürte, wie sich etwas in ihm lockerte – eine ungewohnte Reaktion auf einen Fremden. Etwas an Moritz' unverblümter Art durchbrach seine übliche Distanz. Er musste sich zwingen, den Blick wieder auf die Straße zu richten.

«Wir sind gleich da.»

Das BZSE-Gebäude war von außen unauffällig – genau so konzipiert, um keine Aufmerksamkeit zu erregen. Adrian führte Moritz durch mehrere Sicherheits-

schleusen, wobei der Industriekletterer mit wachsendem Erstau-
nen die fortschrittliche Technologie betrachtete.

«So viel zum unauffälligen
Bundesamt», murmelte Moritz, als
eine Retina-Scanvorrichtung sein
Auge überprüfte.

«Die Bundeszentrale für Sonder-
ermittlungen ist kein gewöhn-
liches Amt», erwiderte Adrian.
«Und was Sie heute hier sehen,
unterliegt strengster Geheimhal-
tung.»

Sie betraten einen Konferenzraum, wo bereits zwei Personen
warteten: eine ältere Frau mit
stahlgrauen Haaren in einem perfekt sitzenden Hosenanzug und
ein schmaler Mann mit Brille und
zerknittertem Hemd.

«Herr Bauer, willkommen bei der BZSE. Ich bin Dr. Viktoria Brandt, die Direktorin dieser Einrichtung.» Ihre Stimme war die gleiche, die Moritz am Telefon gehört hatte. «Das ist Dr. Thomas Voss, unser Leiter der Cybersicherheitsabteilung.»

Moritz nickte beiden zu, spürte aber deutlich, wie sich seine Aufmerksamkeit immer wieder zu Adrian zurückzog, der neben ihm stand – nahe genug, dass er seine Körperwärme spüren konnte.

Dr. Brandt deutete auf die Stühle.

«Bitte, setzen Sie sich. Wir haben viel zu besprechen.»

Als sie Platz nahmen, öffnete sich ein holografisches Display über dem Tisch. Es zeigte die Frankfurter Skyline bei Nacht, mit leuchtenden Verbindungslinien

zwischen verschiedenen Hochhäusern.

«Vor acht Monaten haben wir
ungewöhnliche Funkaktivitäten
zwischen mehreren Hochhäusern
in Frankfurt festgestellt», begann
Dr. Brandt. «Das allein wäre noch
nicht besorgniserregend, aber die
Übertragungen sind hochver-
schlüsselt und entsprechen
keinem bekannten kommerziellen
Muster.»

Thomas schob seine Brille
zurecht.

«Unsere Analyse zeigt, dass
dieses Netzwerk mit fortschritt-
licher, nicht registrierter Technologie arbeitet. Die Daten bewegen
sich zwischen den Gebäuden,
bevor sie an einen noch
unbekannten Empfänger weitergeleitet werden.»

«Und was hat das mit mir zu tun?», fragte Moritz.

Adrian drehte sich zu ihm. «Sie haben auf Ihrer GoPro mehrere dieser Transmitter dokumentiert. Ohne es zu wissen.»

Jetzt war es an Moritz, überrascht zu sein. «Sie haben meine Aufnahmen gesehen?»

Adrian nickte.

«Wir überwachen alle Wartungsarbeiten an den betroffenen Gebäuden. Ihre Aufnahmen haben uns gezeigt, dass die Hardware regelmäßig ausgetauscht oder modifiziert wird.»

«Und Sie brauchen mich, weil?»

Moritz ließ die Frage offen, obwohl er die Antwort bereits ahnte.

Dr. Brandt lehnte sich vor.

«Wir benötigen Zugang zu einer bestimmten Plattform am Römer-Turm. In einer Höhe, die unsere üblichen Einsatzteams nicht ohne Weiteres erreichen können. Nicht ohne Aufmerksamkeit zu erregen.»

Moritz sah von Dr. Brandt zu Adrian, dessen intensiver Blick ihn für einen Moment aus dem Konzept brachte.

«Sie wollen, dass ich für Sie an Gebäuden herumklettere, um Spionagegeräte zu untersuchen?»

«Um sie zu ersetzen», korrigierte Thomas. «Wir haben einen modifizierten Transmitter entwickelt, der uns Zugang zu dem Netzwerk verschaffen könnte.»

Moritz fuhr sich durch die Locken – eine Geste, die Adrians Aufmerksamkeit auf seine Hände lenkte.

Kräftige Hände mit feinen Narben, die Hände eines Mannes, der mit ihnen sein Leben sicherte.

«Ist das legal? Ich meine, Sie sind eine Behörde, aber…»

«Wir haben die notwendigen Befugnisse», unterbrach Dr. Brandt. «Es geht um nationale Sicherheit, Herr Bauer.»

Moritz lachte leise.

«Natürlich tut es das.» Er betrachtete die holografische Karte vor sich. «Was ist drin für mich?»

«Eine großzügige Vergütung», antwortete Dr. Brandt. «Und die Gewissheit, Ihrem Land einen wichtigen Dienst zu erweisen.»

Moritz warf Adrian einen Blick zu.

«Und wer würde mich begleiten? Ich arbeite nie allein in solchen Höhen.»

«Agent Schäfer wird Ihr Partner sein», sagte Dr. Brandt.

Adrian spürte, wie sich seine Nackenhaare aufstellten, als Moritz ihn mit einem langsamen Lächeln maß.

«Haben Sie Höhenangst, Agent Schäfer?»

«Nein», antwortete Adrian knapp, obwohl er sich nicht sicher war, ob das stimmte. Er hatte noch nie in zweihundert Metern Höhe an einer Gebäudefassade gehangen.

«Gut.» Moritz' Lächeln vertiefte sich. «Dann könnte es interessant werden.»

Nach dem Briefing führte Adrian Moritz durch die Abteilung I, wo die operativen Einsätze der BZSE koordiniert wurden. Der Raum war erfüllt vom gedämpften Summen der Monitore und leisen Gesprächen der Analysten.

«Beeindruckend», kommentierte Moritz, während er die hochmoderne Ausstattung betrachtete. «Wie James Bond, nur mit weniger Explosionen.»

«Bisher», ergänzte Adrian trocken, was ihm ein überraschtes Lachen von Moritz einbrachte. Ein warmes, offenes Lachen, das Adrian wider Willen gefiel.

Sie erreichten einen kleineren Raum mit einem großen Tisch, auf dem Ausrüstungsgegenstände ausgebreitet waren.

«Hier ist unser modifizierter Transmitter», erklärte Adrian und deutete auf ein Gerät, das der schwarzen Box ähnelte, die Moritz

an den Fassaden gesehen hatte.
«Wir müssen ihn gegen einen der
bereits installierten austauschen.»
Moritz nahm das Gerät in die
Hand und betrachtete es kritisch.
«Gewicht?»
«380 Gramm.»
«Befestigung?»
«Magnetisch und mit diesen
speziellen Schrauben.»
Moritz nickte anerkennend.
«Durchdacht.»
Er legte das Gerät zurück und
wandte sich Adrian zu. Seine
Augen glänzten mit einer
Mischung aus Neugierde und
Herausforderung. «Also, Agent
Schäfer. Sie und ich morgen früh
an einer Fassade, zweihundert
Meter über dem Boden. Sind Sie
bereit für dieses Abenteuer?»

Adrian hielt seinem Blick stand. Etwas an Moritz' unbekümmerter Haltung gegenüber der Gefahr faszinierte ihn. Es war das Gegenteil seiner eigenen durchgeplanten Existenz.

«Ich bin auf alle Eventualitäten vorbereitet, Herr Bauer.»

Moritz trat einen Schritt näher, nahe genug, dass Adrian seinen Duft wahrnehmen konnte – eine Mischung aus frischer Luft, Regen und etwas Undefinierbarem, das rein Moritz war.

«Nennen Sie mich Moritz. Wenn ich für Ihr Leben verantwortlich bin, sollten wir die Förmlichkeiten beiseitelassen.»

Eine Sekunde lang standen sie so da, näher als nötig, in einem stillen Austausch, den keiner von beiden ganz verstand.

«Adrian», erwiderte er schließlich.

Moritz' Lächeln vertiefte sich.

«Gut. Das ist ein Anfang.»

Adrian brachte Moritz persönlich zum Ausgang, was nicht Teil des Standardprotokolls war – eine Tatsache, die ihm durchaus bewusst war.

«Ich kann Sie zurück zu Ihrer Wohnung fahren», bot er an, als sie die letzte Sicherheitsschleuse passierten.

«Nicht nötig», winkte Moritz ab. «Ich nehme mir ein Taxi. Oder haben Sie ein Leihfahrrad für mich?»

Adrian runzelte die Stirn.

«Es regnet.»

Moritz grinste.

«Ein bisschen Wasser hat noch niemanden umgebracht. Anders

als ein Sturz aus zweihundert Metern Höhe.»

Er zog seine Lederjacke an und fuhr sich noch einmal durch die wirren Locken.

«Wann und wo treffen wir uns morgen?»

«7 Uhr, vor dem Römer-Turm am ehemaligen Westhafen. Die Gebäudeverwaltung ist informiert, dass eine Wartung stattfindet.»

Moritz nickte. Dann, in einer impulsiven Geste, streckte er die Hand aus.

«Bis morgen… Partner.»

Adrian ergriff die angebotene Hand. Der Händedruck war fest, Moritz' Haut warm und rau von der Arbeit mit Seilen und rauen Oberflächen. Adrian hielt die

Hand vielleicht einen Moment länger als nötig.

«Bis morgen.»

Er beobachtete, wie Moritz durch den Regen zum Taxistand ging. Mit einer lässigen Handbewegung hielt er ein vorbeifahrendes Taxi an und öffnete die Tür.

Moritz drehte sich noch einmal um und hob kurz die Hand zum Abschied, bevor er einstieg und im Verkehr verschwand.

Adrian stand noch einen Moment im Eingang, während der Regen auf das Vordach prasselte.

Er konnte nicht genau benennen, was in ihm vorging, aber es war lange her, dass er so etwas empfunden hatte – eine Mischung aus Vorfreude, Unsicherheit und etwas, das verdächtig nach Interesse aussah.

Mit einem leisen Seufzen drehte er sich um und kehrte in das Gebäude zurück. Der morgige Tag würde früh beginnen, und sie hatten viel vor. Er musste fokussiert bleiben, egal wie ablenkend Moritz Bauer mit seinen warmen Augen und seinem unbekümmerten Lächeln sein mochte.

Als er an Dr. Brandts Büro vorbeiging, winkte sie ihn herein.

«Adrian. Einen Moment?»

Er betrat ihr aufgeräumtes Büro und setzte sich auf den angebotenen Stuhl.

«Ihre Einschätzung von Herrn Bauer?»

Adrian wählte seine Worte sorgfältig. «Er ist kompetent. Unkonventionell, aber das könnte von Vorteil sein.»

Dr. Brandt betrachtete ihn mit einem durchdringenden Blick.

«Ihre Einschätzung zum Risiko?»

Adrian dachte kurz nach.

«Er ist Profi in seinem Bereich. Die technischen Fähigkeiten sind vorhanden.» Er zögerte. «Ich kann seine Zuverlässigkeit noch nicht vollständig beurteilen, aber mein erster Eindruck ist… positiv.»

Für Adrian war das schon ein außergewöhnliches Zugeständnis. Normalerweise hätte er mehr Zeit verlangt, um einen Fremden zu evaluieren.

Dr. Brandt nickte langsam. «Behalten Sie ihn im Auge. Diese Operation ist zu wichtig für Komplikationen. Wenn Sie auch nur den geringsten Zweifel haben, brechen Sie ab.»

«Verstanden.»

Als Adrian schließlich in sein Apartment zurückkehrte, merkte er, dass sein ordentlich strukturierter Alltag plötzlich durcheinandergeraten war. Er stellte sich Moritz vor, wie er gerade nach Hause kam, triefend vom Regen, mit diesem unbefangenen Lachen.

Er schüttelte den Kopf, um die Gedanken zu vertreiben. Morgen würden sie an einer Fassade hängen, zweihundert Meter über dem Boden.

Da war kein Platz für Ablenkungen.

Besonders nicht für Ablenkungen mit lockigem Haar und Händen, die so stark und doch so geschickt waren.

Adrian stellte seinen Wecker auf 5:30 Uhr und legte sich ins Bett.

Aber der Schlaf kam nicht sofort.

Stattdessen sah er immer wieder Moritz' Gesicht vor sich, als er sagte: «Das ist ein Anfang.»

Ein Anfang wovon, fragte sich Adrian, während er langsam in den Schlaf driftete.

Kapitel 3: Über dem Abgrund

Der Römer-Turm ragte wie eine glitzernde Säule in den frühmorgendlichen Himmel. Im Osten zeigte sich das erste Tageslicht, während die Lichter der Stadt langsam verblassten. Adrian stand am Fuß des Gebäudes, eine Tasche mit Ausrüstung über der Schulter, und wartete. Er war zwanzig Minuten zu früh.

Er hatte in der Nacht unruhig geschlafen, geplagt von Träumen über große Höhen und dem Gefühl zu fallen. Nicht dass er das jemals zugeben würde. Ein Blick auf seine Smartwatch verriet ihm, dass sein Puls leicht erhöht war.

Er atmete tief durch. Es war nur ein weiterer Einsatz. Routine.

Nur eben in zweihundert Metern Höhe.

Ein Taxi hielt am Straßenrand, und Moritz stieg aus. Er trug enganliegende schwarze Funktionskleidung, darüber eine abgewetzte Lederjacke. Sein Haar war wild wie am Vortag, aber seine Augen waren wach und aufmerksam. Über die Schulter trug er einen großen Rucksack mit Kletterausrüstung.

«Guten Morgen, Herr Agent», begrüßte er Adrian mit einem breiten Lächeln. «Bereit für die Höhenluft?»

Adrian nickte knapp.

«Moritz.»

«Wow, nicht sehr gesprächig am Morgen, was?» Moritz musterte ihn. «Kaffee?»

Er hielt Adrian einen Pappbecher entgegen, den er offenbar im Taxi mitgebracht hatte. Adrian zögerte, nahm ihn dann aber an. Ihre Finger berührten sich kurz, und er spürte ein leichtes Kribbeln.

«Danke.»

«Keine Ursache. Partner sollten aufeinander achten.» Moritz zwinkerte ihm zu und trank einen Schluck aus seinem eigenen Becher. «Also, wie lautet der Plan?»

Adrian deutete auf den Seiteneingang des Gebäudes.

«Wir treffen den Hausmeister, der uns Zugang zum Dach gibt. Von dort aus seilen wir uns zu der

Wartungsplattform an der Ostseite ab.»

«Und dann?»

«Dann tauschen wir den Transmitter aus und versuchen, nicht
entdeckt zu werden.»

Moritz grinste.

«Klingt nach einem durchschnitt-
lichen Arbeitstag für mich. Minus
die Spionageelemente.»

Sie betraten das Gebäude, wo sie
wie vereinbart vom Hausmeister
empfangen wurden. Ein älterer
Mann mit graumeliertem Bart, der
kaum Fragen stellte, als sie ihre
Ausweise der Wartungsfirma vor-
legten – gefälscht natürlich, aber
überzeugend.

Die BZSE überließ nichts dem
Zufall.

«Ihr Wartungsfenster beträgt zwei
Stunden», erklärte der Mann,

während sie mit dem Aufzug zum Dach fuhren. «Danach beginnt der reguläre Betrieb, und ich kann nicht garantieren, dass niemand Fragen stellt.»

«Verstanden», antwortete Adrian. «Zwei Stunden sind mehr als ausreichend.»

Als sie das Dach betraten, sog Moritz hörbar die Luft ein.

Die Aussicht war atemberaubend – ganz Frankfurt lag unter ihnen, noch im Halbdunkel des frühen Morgens, aber bereits erwachend. In der Ferne glitzerte der Main im ersten Sonnenlicht.

«Das ist der Grund, warum ich meinen Job liebe», sagte Moritz leise. «Diese Momente hier oben. Die meisten Menschen sehen so etwas nie.»

Adrian folgte seinem Blick.

Er hatte in seinem Leben viele Einsätze in vielen Städten gehabt, aber selten hatte er sich die Zeit genommen, die Schönheit der Umgebung zu bemerken. Es war bezeichnend für ihre unterschiedlichen Persönlichkeiten, dass Moritz genau das tat.

«Wir sollten beginnen», sagte er, mehr zu sich selbst als zu Moritz.

«Natürlich, Agent Fokussiert.» Moritz öffnete seinen Rucksack und begann, die Ausrüstung auszubreiten. «Erste Lektion im Industrieklettern: Sicherheit geht vor. Wir überprüfen jedes Teil zweimal.»

Er reichte Adrian einen Klettergurt. «Hier, zieh das an.»

Adrian betrachtete den komplizierten Gurt skeptisch, aber

Moritz trat näher und nahm ihn ihm aus der Hand.

«Lass mich dir helfen. Es ist wichtig, dass er richtig sitzt.»

Bevor Adrian protestieren konnte, kniete Moritz vor ihm und begann, die Riemen um seine Oberschenkel zu legen. Seine Hände waren geschickt und effizient, aber die ungewohnte Nähe ließ Adrian den Atem anhalten. Moritz sah zu ihm auf, ein Lächeln spielte um seine Lippen.

«Zu eng?»

«Nein», antwortete Adrian, seine Stimme ungewohnt rau.

Moritz stand auf und stellte den Brustgurt ein, seine Finger streiften dabei Adrians Oberkörper.

«Tief durchatmen.»

Adrian folgte der Anweisung und spürte, wie Moritz die Gurte festzog. Sie standen sich jetzt sehr nahe, und Adrian konnte das leicht herbe Aftershave des anderen Mannes riechen.

«Perfekt», sagte Moritz mit einem Lächeln. «Jetzt bist du bereit für die Höhe.»

Er selbst schlüpfte mit der Leichtigkeit langer Übung in seinen eigenen Gurt.

Seine Bewegungen waren flüssig und selbstsicher, und Adrian ertappte sich dabei, wie er ihn beobachtete – die Art, wie sich die Muskeln unter der engen Funktionskleidung bewegten, die Konzentration in seinem Gesicht, als er die Karabiner befestigte.

Moritz installierte die Anker am Dachrand und sicherte die Seile. Seine Professionalität war beeindruckend, jede Bewegung präzise und durchdacht.

Für jemanden, der so unbekümmert wirkte, war er in seinem Element erstaunlich methodisch.

«Die Plattform ist dort drüben», sagte Adrian und zeigte auf eine Wartungseinheit etwa dreißig Meter unter ihnen an der Ostseite des Gebäudes.

Moritz prüfte sie durch ein kleines Fernglas. «Ich sehe sie. Und ich sehe auch die schwarze Box.» Er reichte Adrian das Fernglas. «Direkter Zugang, sieht machbar aus.»

Adrian betrachtete die Plattform. Sie war kleiner, als er erwartet hatte – kaum genug Platz für zwei Personen.

«Ich gehe vor», sagte Moritz und befestigte einen Abstiegsapparat an seinem Gurt. «Du folgst mir auf dem zweiten Seil. Wir bleiben immer in Verbindung. Hier.»

Er reichte Adrian ein Headset, ähnlich dem, das er bei BZSE-Einsätzen benutzte.

«Standardausrüstung für mich. Besser, als zu rufen, wenn man an einer Wand hängt.»

Adrian setzte das Headset auf und prüfte die Verbindung. «Test.»

«Laut und deutlich», bestätigte Moritz durch das Headset, obwohl er direkt neben ihm stand.

«Jetzt zum Wichtigsten: Vertrau deiner Ausrüstung und vertrau mir. Ich lasse nicht zu, dass dir etwas passiert.»

Ihre Blicke trafen sich, und Adrian spürte eine seltsame Ruhe in sich aufsteigen. Trotz der ungewohnten Situation und der bevorstehenden Höhe fühlte er sich in Moritz' Gegenwart sicher. Das war untypisch für ihn – normalerweise vertraute er nur sich selbst.

Moritz überprüfte ein letztes Mal alle Verbindungen, dann stellte er sich an den Rand des Daches. Der Abgrund unter ihnen schien unendlich tief.

«Bereit?»

Adrian schluckte und nickte. «Bereit.»

Mit einer fließenden Bewegung schwang sich Moritz über den Rand und begann den Abstieg. Adrian folgte ihm, sein Herz schlug bis zum Hals, als er den ersten Schritt über den Abgrund machte.

Das Seil spannte sich, hielt sein Gewicht, und langsam fand er sein Gleichgewicht.

«Alles in Ordnung?», fragte Moritz' Stimme in seinem Ohr.

«Ja», antwortete Adrian, überrascht, wie ruhig er klang.

«Gut. Einfach einen Schritt nach dem anderen. Die Wand ist dein Freund.»

Sie seilten sich langsam ab, Moritz immer ein paar Meter voraus. Die frische Morgenluft pfiff um sie herum, und die aufgehende Sonne tauchte die Glasfassade in goldenes Licht. Es war gleichzeitig erschreckend und wunderschön.

Nach etwa fünf Minuten erreichten sie die Plattform. Moritz landete zuerst, sicherte sich und half dann Adrian, die letzten Meter zu überbrücken. Seine Hand war stark und warm, als er Adrian auf die schmale Metallfläche zog.

«Siehe da, ein Naturtalent», kommentierte Moritz anerkennend. «Du wärst ein guter Kletterer.»

Die Plattform war tatsächlich winzig – kaum zwei Quadratmeter Metallfläche, die an der Seite des Wolkenkratzers hing. Der Wind war hier stärker, und Adrian spürte, wie das Metall unter ihnen leicht vibrierte.

Moritz sicherte sie beide mit zusätzlichen Leinen, während Adrian den BZSE-Transmitter aus seiner Tasche holte. Die schwarze Box, die sie ersetzen wollten, war direkt an der Wand montiert, hinter einem Lüftungsgitter versteckt.

«Kannst du das Gitter entfernen?», fragte Adrian.

Moritz zog ein Multitool aus seiner Tasche und begann, die Schrauben zu lösen. Die Enge der Plattform zwang sie, dicht nebeneinanderzustehen, Schulter an Schulter, ihre Körper immer wieder in Berührung kommend. Adrian war sich jeder einzelnen Berührung bewusst.

«Fast geschafft», murmelte Moritz, als die letzte Schraube sich löste. Er entfernte das Gitter vorsichtig und legte es auf die Plattform. «Voilà, dein Spionagegerät.»

Die schwarze Box war kleiner als erwartet, aber eindeutig dasselbe Modell, das sie auf den Überwachungsbildern gesehen hatten. Adrian zog dünne Handschuhe an und begann, die Befestigungen zu lösen.

«Ist es gefährlich?», fragte Moritz leise.

«Wahrscheinlich nicht. Aber wir wissen nicht, ob es Sicherheitsmechanismen gibt.»

Adrian arbeitete schweigend, konzentriert. Moritz blieb neben ihm, stabilisierte ihn gegen den Wind, der um die Gebäudeecke pfiff. Seine Präsenz war beruhigend, sein Körper ein solider Anker in diesem prekären Umfeld.

Nach einigen Minuten löste sich die Box von der Wand. Adrian hielt sie vorsichtig in den Händen und untersuchte sie.

«Keine offensichtlichen Auslöser oder Alarme», stellte er fest und packte das Gerät in einen speziellen Beutel in seiner Tasche. Dann nahm er den BZSE-Transmitter.

«Jetzt der Austausch.»

Das neue Gerät sah fast identisch aus, hatte aber im Inneren zusätzliche Technologie, die es der BZSE ermöglichen würde, das Netzwerk zu infiltrieren. Adrian befestigte es sorgfältig an der gleichen Stelle.

«Wie lange, bis sie den Austausch bemerken?», fragte Moritz.

«Wenn alles nach Plan läuft, gar nicht. Unser Gerät sendet die gleichen Signale, zeichnet aber gleichzeitig alles auf.»

Als Adrian die letzte Schraube festzog, vibrierte plötzlich sein Handy. Er zog es heraus – eine Nachricht von Thomas.

Ungeplante Aktivität im Netzwerk.

Seid ihr noch am Objekt?

«Verdammt», murmelte Adrian. «Wir müssen verschwinden.»

In diesem Moment ertönte ein leises Summen vom neu installierten Transmitter. Eine kleine LED, die vorher aus war, begann zu blinken.

«Ist das normal?», fragte Moritz, Anspannung in seiner Stimme.

«Nein.»

Das Blinken wurde schneller, und Adrian spürte, wie sich sein Magen zusammenzog.

Ein Fernauslöser?

Eine Sicherheitsmaßnahme?

«Runter hier», befahl er, griff nach dem Seil und sicherte sich. «Sofort!»

Moritz reagierte blitzschnell.

Er befestigte das Lüftungsgitter provisorisch mit einer Schraube, dann griff er nach seinem eigenen Seil.

«Auf drei. Eins, zwei—»

Ein scharfer Knall unterbrach ihn, als der Transmitter in einer kleinen Explosion zersprang. Adrian spürte einen stechenden Schmerz an seiner Wange, als ein Metallsplitter ihn traf. Die Plattform schwankte gefährlich.

«Los!», rief Moritz und stieß sich von der Plattform ab. Adrian folgte seinem Beispiel, gerade als ein zweiter, stärkerer Knall ertönte.

Sie hingen nun frei an der Fassade, etwa zwanzig Meter vom Dach entfernt. Adrian konnte Rauch und einen schwachen Brandgeruch wahrnehmen.

«Bist du verletzt?», fragte Moritz durch das Headset, seine Stimme angespannt.

«Nur ein Kratzer», antwortete Adrian, spürte aber warmes Blut an seiner Wange. «Was zum Teufel war das?»

«Eine Selbstzerstörungsvorrichtung würde ich sagen. Verdammt clever.»

Sie begannen, sich nach oben zu ziehen, jeder Meter eine Anstrengung. Adrian konnte über ihnen Bewegung auf dem Dach sehen – Sicherheitspersonal, alarmiert durch die Explosion.

«Wir haben Gesellschaft», warnte er.

Moritz blickte nach oben und fluchte leise. «Plan B?»

«Wir sind von der Wartungsfirma, überprüfen eine Störung», sagte

Adrian schnell. «Folge meiner Führung.»

Als sie das Dach erreichten, wurden sie von zwei Sicherheitsleuten empfangen, die alarmiert und misstrauisch wirkten.

«Was ist da unten passiert?», forderte einer von ihnen.

Adrian zog seinen gefälschten Ausweis.

«Technischer Defekt an der Lüftungsanlage. Wir wurden gerufen, um es zu überprüfen, aber es gab einen Kurzschluss.»

Der Sicherheitsmann beäugte den blutigen Kratzer auf Adrians Wange. «Sie sind verletzt.»

«Nur ein Splitter. Nichts Ernstes.»

Der zweite Wachmann sprach in sein Funkgerät, vermutlich mit seinem Vorgesetzten. Adrian tauschte einen kurzen Blick mit

Moritz aus, der leicht nickte – bereit, Adrians Führung zu folgen.

«Wir müssen einen Bericht für unsere Firma erstellen», sagte Adrian ruhig. «Der Defekt könnte auf ein größeres Problem hinweisen.»

Der erste Wachmann schien unschlüssig, aber sein Kollege kehrte zurück. «Chef sagt, wir sollen ihre Ausweise kopieren und sie gehen lassen. Die Feuerwehr ist unterwegs, um den Brandschaden zu begutachten.»

Adrian nickte sachlich.

«Natürlich. Wir stehen für Rückfragen zur Verfügung.»

Die nächsten Minuten vergingen mit bürokratischen Formalitäten, während Adrian innerlich vor Ungeduld brannte. Die gefälsch-

ten Ausweise würden einer ober-
flächlichen Prüfung standhalten,
aber je länger sie blieben, desto
riskanter wurde es.

Endlich wurden sie zum Ausgang
eskortiert. Im Aufzug nach unten
standen sie schweigend nebeneinander, beide angespannt, aber
nach außen ruhig. Erst als sie das
Gebäude verlassen hatten und
außer Hörweite waren, atmete
Moritz hörbar aus.

«Das war knapp.»

Adrian berührte seine Wange, die
noch immer leicht blutete.

«Zu knapp. Sie wussten, dass wir
kommen.»

Moritz sah ihn besorgt an.

«Das sieht nicht gut aus. Lass
mich...»

Er trat näher und berührte sanft
Adrians Gesicht, drehte es ins

Licht, um die Wunde zu begutachten. Seine Finger waren warm
gegen Adrians kühle Haut.

«Es ist nicht tief, aber es sollte
gereinigt werden.»

Adrian war sich plötzlich ihrer
Nähe sehr bewusst, der Intensität
in Moritz' Augen, als er die Verlet-
zung untersuchte. Er konnte den
Adrenalinstoß noch immer in
seinem Blut spüren, das Nach-
beben der Gefahr, und etwas
daran verstärkte seine Wahrneh-
mung von Moritz – seinem Duft,
seiner Wärme, der Sorge in
seinem Blick.

«Ich hab ein Erste-Hilfe-Kit in
meiner Wohnung», sagte Moritz.
«Es ist nicht weit von hier.»

Eigentlich sollte Adrian sofort
zum BZSE-Hauptquartier zurückkehren, Bericht erstatten. Aber die

Vorstellung, mit Moritz mitzu-
gehen, war seltsam verlockend.

«Okay», hörte er sich selbst sagen.
«Zeig mir den Weg.»

Moritz' Lächeln war warm und
aufrichtig, und Adrian spürte, wie
sich etwas in seiner Brust löste –
eine Spannung, die er so lange mit
sich herumgetragen hatte, dass er
vergessen hatte, wie es sich
anfühlte, sie loszulassen.

Sie verließen den Platz vor dem
Turm, hinter ihnen das Heulen
der herannahenden Feuerwehr-
sirenen, vor ihnen die unbekannte
Richtung, in die Moritz ihn führte.

Kapitel 4: Unter der Oberfläche

Moritz' Wohnung lag in einem alten Backsteingebäude in Sachsenhausen, nur wenige Straßen vom Main entfernt. Im Gegensatz zu Adrians minimalistischem Apartment war sie chaotisch, lebendig und unerwartet gemütlich. Große Fenster ließen Sonnenlicht herein, das auf Holzdielen fiel und die vielen Pflanzen beleuchtete, die den Raum dominierten.

«Entschuldige das Chaos», sagte Moritz, während er Adrian hereinführte. «Ich hatte nicht mit Besuch gerechnet.»

Adrian ließ seinen Blick durch den offenen Wohnraum schweifen. Kletterausrüstung hing an einem speziellen Wandhalter, Bücher stapelten sich auf einem niedrigen Tisch, und an einer Wand hingen Fotos von atemberaubenden Landschaften – vermutlich Orte, an denen Moritz geklettert war.

«Es ist… persönlich», antwortete Adrian, überrascht, wie sehr ihm der Raum gefiel. Er spiegelte Moritz' Charakter wider – ungezwungen, aber mit einer verborgenen Ordnung.

Moritz grinste.

«Das ist eine höfliche Umschreibung für unordentlich, oder?» Er deutete auf das Sofa. «Setz dich. Ich hole das Erste-Hilfe-Set.»

Adrian ließ sich auf das bequeme Sofa sinken, während Moritz im Badezimmer verschwand.

Die Anspannung des Morgens hing noch immer in seinen Muskeln, aber hier, umgeben von Moritz' Dingen, fühlte er sich seltsam entspannt. Das war untypisch für ihn – normalerweise blieb er in fremden Umgebungen wachsam.

Sein Handy vibrierte in seiner Tasche. Eine Nachricht von Thomas.

Signal verloren. Was ist passiert? Standortbericht nötig.

Adrian starrte auf das Display. Er sollte sofort antworten, zurück ins Hauptquartier gehen. Stattdessen steckte er das Handy weg.

Der Bericht konnte warten.

Zumindest noch ein paar Minuten.

Moritz kehrte mit einem Erste-Hilfe-Kasten zurück und setzte sich neben Adrian aufs Sofa, näher als unbedingt nötig.

«Lass mich das ansehen», sagte er sanft und drehte Adrians Gesicht zur Seite.

Die Berührung war vorsichtig, aber Adrians Haut reagierte darauf, als hätte Moritz sie mit elektrischem Strom berührt. Er blieb still, während Moritz die Wunde mit antiseptischer Lösung reinigte.

«Du hattest Glück», murmelte Moritz konzentriert. «Ein paar Zentimeter weiter, und es hätte dein Auge erwischt.»

Seine Finger waren geschickt und sanft, genauso sicher wie beim Anlegen der Kletterausrüstung. Adrian beobachtete sein Gesicht aus der Nähe – die kleinen Lachfältchen um seine Augen, die leichte Bräune seiner Haut, das konzentrierte Zusammenziehen seiner Augenbrauen. Es war ein offenes, ehrliches Gesicht.

«Du bist gut darin», bemerkte Adrian.

«Erste Hilfe? Teil der Ausbildung. In meinem Job verletzt man sich ständig.» Moritz tupfte eine Heilsalbe auf die Wunde und griff nach einem kleinen Pflaster. «Außerdem habe ich einen abenteuerlichen Bruder, der ständig von Bäumen fiel.»

Als er das Pflaster anbrachte, waren ihre Gesichter nur Zentimeter voneinander entfernt. Adrian konnte Moritz' Atem auf seiner Haut spüren, sah, wie sich seine Pupillen weiteten. Die Zeit schien stillzustehen.

Moritz räusperte sich leicht und lehnte sich zurück.

«Fertig. Kein Schönheitspreis, aber es sollte gut heilen.»

«Danke», sagte Adrian, überrascht, wie rau seine eigene Stimme klang.

Eine kurze Stille entstand zwischen ihnen, geladen mit unausgesprochenen Dingen. Moritz stand auf und ging zur offenen Küche.

«Kaffee? Oder etwas Stärkeres? Nach so einem Morgen könnte ich definitiv etwas Stärkeres gebrauchen.»

«Kaffee ist gut», antwortete Adrian. Er brauchte einen klaren Kopf.

Während Moritz in der Küche hantierte, stand Adrian auf und trat an die Fotowand. Die Bilder zeigten spektakuläre Klippen, Berggipfel und Felswände. Auf einigen war Moritz zu sehen, manchmal allein, manchmal mit anderen Kletterern, immer mit diesem unbefangenen Lächeln.

«Das war in den Dolomiten», sagte Moritz, der mit zwei Tassen zurückkehrte. «Letzten Sommer.»

«Du reist viel?»

«Wenn die Arbeit es zulässt. Klettern ist nicht nur mein Beruf, sondern auch meine Leidenschaft.» Er reichte Adrian eine Tasse.

«Und du? Was macht Adrian Schäfer, wenn er nicht gerade Hochhäuser erklimmt und Spionagegeräte austauscht?»

Adrian nahm einen Schluck Kaffee – stark und gut, genau wie er ihn mochte.

«Ich arbeite.»

«Das ist alles?» Moritz setzte sich wieder, zog ein Bein unter sich. «Keine Hobbys? Keine heimliche Leidenschaft für Briefmarkensammeln oder Unterwasser-Hockey?» Der Gedanke entlockte Adrian ein leichtes Lächeln. «Nein, kein Unterwasser-Hockey.»

«Aber?»

Adrian zögerte. Über sein Privatleben zu sprechen, fühlte sich ungewohnt an. «Ich laufe. Nichts Besonderes, einfach… durch die Stadt, früh morgens, wenn alles noch ruhig ist.»

Moritz nickte anerkennend.

«Das passt zu dir. Diszipliniert, fokussiert.» Er neigte den Kopf leicht. «Aber ich wette, es gibt mehr unter dieser perfekt kontrollierten Oberfläche.»

Es gab mehr, natürlich. Aber seit dem Vorfall vor drei Jahren hatte Adrian seine Welt bewusst eingeschränkt, kontrollierbar gemacht. Keine unnötigen Risiken mehr, keine impulsiven Entscheidungen.

«Was ist passiert?», fragte Moritz plötzlich, als hätte er Adrians Gedanken gelesen. «Etwas hat dich verändert. Ich kann es in deinen Augen sehen – diesen Schatten.»

Adrian stellte seine Tasse ab.

Niemand bei der BZSE fragte nach dem Vorfall, nicht direkt. Es war in seiner Akte, wurde in gedämpften Gesprächen erwähnt, aber nie offen angesprochen.

«Ein Einsatz ist schiefgelaufen», sagte er schließlich. «Vor drei

Jahren. Ich war der leitende Agent im Feld.»

Moritz sagte nichts, wartete einfach ab.

«Wir verfolgten einen Waffenhändler, Markus Werner. Ich hatte einen Informanten, der mir den Standort eines großen Deals verraten hatte.» Adrian atmete tief durch. «Es war eine Falle. Werner wusste von uns. Er hatte meinen Informanten umgedreht.»

Die Erinnerungen kamen scharf und deutlich, als wäre es gestern gewesen. «Zwei Agenten starben. Einer davon war mein Partner seit fünf Jahren.»

«Es tut mir leid», sagte Moritz leise.

«Die offizielle Untersuchung entlastete mich. Aber…» Adrian sah auf seine Hände. «Ich hätte es erkennen müssen. Es gab Anzei-chen.»

«Du gibst dir selbst die Schuld.»

Es war keine Frage. Adrian antwortete trotzdem. «Ja.»

Moritz lehnte sich vor und schaute ihm intensiv in die Augen.

«Hör zu, ich weiß, wie das ist. In meinem Job kann ein kleiner Fehler tödlich sein. Ich habe Freunde verloren, weil Ausrüs-tung versagte oder das Wetter umschlug.»

«Das ist nicht dasselbe.»

«Nein, ist es nicht», stimmte Moritz überraschend zu. «Aber weißt du, was ich gelernt habe? Kontrolle ist eine Illusion. Egal wie sorgfältig du planst, egal wie vorsichtig du bist – manchmal passieren einfach schlimme Dinge.»

Er berührte kurz Adrians Hand.

«Das Einzige, was wir kontrollieren können, ist, wie wir damit umgehen.»

Die Berührung war flüchtig, aber Adrian spürte sie intensiv. Moritz' Worte trafen ihn auf eine Weise, die er nicht erwartet hatte – nicht als leere Trostworte, sondern als ehrliche Erkenntnis von jemandem, der regelmäßig mit Risiken lebte.

Sein Handy vibrierte erneut. Diesmal war es Dr. Brandt.

Sofortige Rückkehr zum Hauptquartier erforderlich. Sicherheitsprotokoll aktiviert.

«Ich muss gehen», sagte Adrian, plötzlich wieder im Hier und Jetzt.

«Die BZSE braucht einen vollständigen Bericht.»

Moritz nickte, ein Hauch Enttäuschung war in seinen Augen zu sehen.

«Natürlich. Die Pflicht ruft.»

«Du solltest mitkommen», fügte Adrian hinzu. «Sie werden auch deine Aussage brauchen.»

Moritz stand auf und streckte sich leicht.

«Dann lass uns gehen, Agent Schäfer.»

Beim Verlassen der Wohnung hielt Adrian inne.

«Danke. Nicht nur für…»

Er deutete auf sein Gesicht.

Moritz lächelte, ein warmes, verständnisvolles Lächeln.

«Jederzeit.»

Das BZSE-Hauptquartier summte vor Aktivität, als sie eintrafen. Thomas erwartete sie bereits am Eingang, seine Miene war angespannt.

«Endlich», sagte er. «Dr. Brandt wartet im Konferenzraum.»

Er führte sie durch die Gänge, sein Tempo schneller als gewöhnlich.

«Der modifizierte Transmitter hat für genau 47 Sekunden Daten gesendet, bevor er zerstört wurde. Aber in diesen 47 Sekunden haben wir etwas aufgefangen.»

Im Konferenzraum saßen bereits Dr. Brandt und zwei weitere Analysten. Auf dem großen Bildschirm lief eine Datenanalyse.

«Agent Schäfer», begrüßte Dr. Brandt ihn mit einem knappen

Nicken. «Herr Bauer. Setzen Sie sich.»

Sobald sie Platz genommen hatten, kam sie direkt zum Punkt.

«Der Einsatz war kompromittiert. Jemand wusste, dass wir kommen würden.»

«Die Selbstzerstörung des Geräts war eindeutig eine Reaktion auf unseren Eingriff», stimmte Adrian zu.

«Nicht nur das.» Dr. Brandt nickte Thomas zu, der eine Datei auf dem Bildschirm öffnete.

«In den Sekunden, bevor der Transmitter zerstört wurde, emp-fing er ein Aktivierungssignal», erklärte Thomas. «Es kam nicht von außen, sondern von einem der anderen Hochhäuser. Das Netzwerk hat sich selbst geschützt.»

«Aber das ist nicht alles», fuhr Dr. Brandt fort. «Bevor die Verbindung abbrach, empfingen wir ein Datenfragment.» Sie sah Adrian direkt an. «Es enthielt einen Namen: Markus Werner.»

Adrian erstarrte.

«Werner? Das ist unmöglich. Er sitzt in Haft.»

«Nicht mehr», sagte Dr. Brandt ernst. «Markus Werner wurde vor drei Monaten heimlich entlassen – auf Anordnung einer höheren Instanz.»

Die Information traf Adrian wie ein Schlag.

Werner, der Mann, der für den Tod seines Partners verantwortlich war, war frei?

Und möglicherweise in diesem Fall verwickelt?

«Wer hat die Entlassung angeordnet?», fragte er und konnte seine Stimme kaum kontrollieren.

Dr. Brandt tauschte einen Blick mit Thomas. «Das wissen wir noch nicht. Die Akten wurden geschwärzt.»

Moritz beobachtete Adrian aufmerksam, spürte offensichtlich die Veränderung in seiner Haltung.

«Was bedeutet das für unsere Operation?», fragte er.

«Es bedeutet, dass wir es mit mehr als nur illegaler Datenübertragung zu tun haben», antwortete Dr. Brandt. «Wenn Werner involviert ist, geht es wahrscheinlich um Waffenhandel oder Schlimmeres.»

Sie wandte sich an Adrian. «Dies ist jetzt offiziell eine Prioritätsermittlung. Ich setze ein vollständiges Team ein.» Ihr Blick wanderte zu Moritz. «Herr Bauer, Ihre Dienste werden weiterhin benötigt. Es gibt noch andere Zugriffspunkte, die wir untersuchen müssen.»

Moritz nickte. «Ich stehe zur Verfügung.»

Adrian kämpfte gegen die Welle von Emotionen an, die der Name Werner in ihm auslöste. Wut, Schuld, ein tiefes Verlangen nach Gerechtigkeit. Er hatte Jahre damit verbracht, diesen Teil seines Lebens hinter sich zu lassen, ihn zu kontrollieren. Jetzt kam alles zurück.

«Adrian», Dr. Brandts Stimme wurde weicher, ein seltenes Zugeständnis. «Wenn Sie sich befangen fühlen, kann ich einen anderen Agenten zuweisen.»

Die Vorstellung, den Fall abzugeben, sich zurückzuziehen, während Werner da draußen war – unmöglich.

«Das wird nicht nötig sein», sagte er fest. «Ich kann objektiv bleiben.»

Dr. Brandt studierte ihn einen Moment, dann nickte sie. «Gut. Thomas wird das technische Team leiten. Sie koordinieren die Feldoperationen.» Sie stand auf. «Vollständiges Briefing in einer Stunde. Bis dahin will ich einen detaillierten Bericht über den heutigen Einsatz.»

Als die anderen den Raum verließen, blieb Moritz neben Adrian stehen. «Alles in Ordnung?»

Adrian holte tief Luft.

«Wird es sein.»

Moritz berührte leicht seinen Arm – eine simple Geste der Unterstützung, die Adrian mehr ergriff, als er erwartet hätte.

«Was auch immer passiert», sagte Moritz leise, «du stehst nicht allein da.»

Ihre Blicke trafen sich, und für einen Moment spürte Adrian eine tiefe Verbindung zu diesem Mann, den er erst seit einem Tag kannte. Es war beunruhigend und tröstlich zugleich.

«Danke», sagte er schlicht.

Moritz lächelte, drückte kurz seinen Arm und ließ dann los. «Ich gehe mir einen Kaffee holen. Brauchst du auch einen?»

Adrian nickte, dankbar für den Moment der Normalität inmitten des emotionalen Tumults. Als Moritz den Raum verließ, wandte er sich dem Fenster zu und starrte auf die Frankfurter Skyline.

Markus Werner. Der Name allein ließ sein Blut kochen. Aber diesmal würde es anders laufen. Diesmal würde Werner nicht entkommen.

Und diesmal hatte Adrian einen unerwarteten Verbündeten an seiner Seite – jemanden, der auf seltsame Weise genau das zu sein schien, was er brauchte: ein Anker in stürmischen Gewässern, ein Licht in der Dunkelheit, die ihn seit drei Jahren umgab.

Er berührte unbewusst das Pflaster an seiner Wange und spürte ein leichtes Kribbeln, das nichts mit der Wunde zu tun hatte.

Kapitel 5: Verborgene Motive

Drei Tage nach dem Vorfall am Römer-Turm saß Adrian über Akten und Datenanalysen gebeugt in seinem Büro im BZSE-Hauptquartier.

Die Wand gegenüber seines Schreibtisches war mit Fotos, Dokumenten und Verbindungs-diagrammen bedeckt – ein analoges Netzwerk, das die digitalen Untersuchungen ergänzte.

In der Mitte prangte ein Bild von Markus Werner, aufgenommen bei seiner Verhaftung vor drei Jahren: ein hageres Gesicht mit kalten Augen und einem arroganten Lächeln.

Adrians Blick kehrte immer wieder zu diesem Foto zurück, während er die neuesten Berichte durchging. Der Schnitt an seiner Wange war inzwischen verheilt, nur ein dünner roter Strich erinnerte noch an den Vorfall.

Es klopfte, und Thomas trat ein, ein Tablet unter dem Arm.

«Updates von der Cyberabteilung», sagte er und reichte Adrian das Tablet. «Wir haben die Daten des zerstörten Transmitters teilweise rekonstruieren können.»

Adrian scrollte durch die Analysen. «Irgendwelche konkreten Verbindungen zu Werner?»

«Nichts Eindeutiges. Aber das Verschlüsselungsprotokoll ähnelt dem, das er früher verwendet hat.» Thomas setzte sich auf die Kante des Schreibtisches. «Es gibt

noch etwas. Die Selbstzerstö-
rungssequenz wurde nicht nur
durch unser Eindringen ausgelöst.
Es war ein doppelter Auslöser.»

Adrian sah auf.

«Was meinst du?»

«Jemand hat den Befehl zur Zer-
störung manuell gegeben, kurz
nachdem das automatische
System angesprungen war.»
Thomas' Stimme wurde leiser.
«Die Frage ist: Woher wussten sie
so schnell, dass wir dort waren?»

Die Implikation hing schwer im
Raum. Ein Informationsleck. Oder
schlimmer – ein Maulwurf.

Adrian lehnte sich zurück.

«Wer wusste von dem Einsatz?»

«Du, ich, Dr. Brandt, die beiden
Techniker, die den Transmitter
vorbereitet haben, und natürlich
Moritz Bauer.»

Bei der Erwähnung von Moritz verspürte Adrian einen unerwarteten Stich. In den letzten Tagen hatte er oft an ihn gedacht – an ihre gemeinsame Zeit am Turm, das Gespräch in Moritz' Wohnung. Sie hatten sich seit dem Briefing nicht mehr gesehen, da die BZSE zunächst interne Untersuchungen durchführte.

«Moritz hat nichts damit zu tun», sagte Adrian mit überraschender Bestimmtheit.

Thomas hob eine Augenbraue. «So sicher? Du kennst ihn kaum.»

«Mein Instinkt sagt mir, dass er vertrauenswürdig ist.» Adrian stand auf und trat an die Bilderwand. «Außerdem hätte er mich leicht in Gefahr bringen können, als die Explosion passierte. Stattdessen hat er reagiert, um uns beide zu schützen.»

Thomas musterte ihn mit einem nachdenklichen Blick.

«Du magst ihn.»

Es war keine Frage, und Adrian sah keinen Grund zu leugnen. «Er ist… anders. Erfrischend direkt.»

«Hm.» Thomas schmunzelte leicht. «Wie auch immer, Dr. Brandt will ihn wieder einbeziehen. Wir haben drei weitere Zugangspunkte identifiziert, die überprüft werden müssen.»

Adrian nickte. «Gut. Wann?»

«Heute Abend ist Briefing. Bauer wurde bereits kontaktiert.»

Eine irrationale Welle der Vorfreude durchflutete Adrian. Er unterdrückte sie sofort. Es ging hier um eine ernste Operation, nicht um persönliche Gefühle.

«Was ist mit Werner?», fragte er, um das Thema zu wechseln. «Irgendwelche Hinweise auf seinen Aufenthaltsort?»

Thomas schüttelte den Kopf. «Nichts Konkretes. Aber wir haben seine Bankkonten überprüft – oder besser gesagt, die seiner ehemaligen Frau. In den letzten Monaten gab es mehrere große Einzahlungen von Offshore-Konten.»

Adrian notierte die Information.

«Überwacht sie. Vielleicht führt sie uns zu ihm.»

Als Thomas gegangen war, kehrte Adrian zu seinem Schreibtisch zurück. Seine Gedanken wanderten wieder zu Moritz.

Der Gedanke, ihn wiederzusehen, löste eine seltsame Mischung aus Nervosität und Vorfreude aus –

Gefühle, die er lange nicht mehr empfunden hatte.

Es war ablenkend.

Und Ablenkungen konnte er sich nicht leisten, nicht bei diesem Fall, nicht mit Werner da draußen.

Er holte tief Luft und fokussierte sich wieder auf die Arbeit vor ihm. Professionalität hatte immer an erster Stelle zu stehen. Egal, wie anziehend ein gewisser Industriekletterer sein mochte.

Das Briefing war für 19 Uhr angesetzt. Adrian kam wie üblich früher und überprüfte den Konferenzraum. Dr. Brandt war bereits da, in ein Gespräch mit einem Agenten aus der Abteilung für internationale Zusammenarbeit vertieft.

«Adrian», begrüßte sie ihn. «Gut, dass Sie früh sind. Die Schweizer

Behörden haben uns neue Informationen zu Werners früheren Kontakten geliefert.»

Sie besprachen die Details, während der Raum sich allmählich füllte. Thomas kam mit seinem Team, gefolgt von weiteren Agenten. Adrian merkte, wie sein Blick immer wieder zur Tür wanderte.

Und dann war Moritz da, in einer dunklen Jeans und einem schlichten Pullover, so gänzlich anders als die formell gekleideten BZSE-Mitarbeiter. Sein Blick fand sofort Adrians, und ein warmes Lächeln erhellte sein Gesicht.

Adrian spürte, wie sich etwas in seiner Brust löste, ein Knoten, den er nicht bemerkt hatte, bis er verschwand.

Moritz kam direkt zu ihm, während Dr. Brandt noch mit anderen sprach. «Hey.»

«Hey», erwiderte Adrian, überrascht, wie erleichtert er sich fühlte. «Alles in Ordnung?»

«Jetzt ja.» Moritz' Augen waren warm und aufrichtig. «Ich hatte gehofft, früher von dir zu hören.»

Adrian senkte die Stimme. «Es tut mir leid. Die internen Protokolle nach dem Vorfall—»

«Ich verstehe», unterbrach Moritz mit einem leichten Nicken. «Behördenarbeit.»

Dr. Brandt rief die Versammlung zur Ordnung, und sie nahmen nebeneinander Platz. Adrian war sich der Wärme von Moritz' Schulter neben seiner eigenen bewusst, der leichten Berührung ihrer Arme auf der Tischplatte.

«Unser Vorgehen am Römer-Turm wurde kompromittiert», begann Dr. Brandt ohne Umschweife. «Die gute Nachricht: Wir haben wertvolle Daten gewonnen. Die schlechte: Wer auch immer hinter diesem Netzwerk steckt, weiß nun, dass wir ihnen auf der Spur sind.»

Thomas übernahm und erläuterte die technischen Erkenntnisse der letzten Tage.

«Wir haben drei weitere Zugangspunkte identifiziert, die wir untersuchen müssen.» Er zeigte auf eine Karte mit markierten Gebäuden. «Hier, hier und hier. Alle in ähnlichen Höhen und mit ähnlicher Konfiguration.»

«Diesmal gehen wir anders vor», fuhr Dr. Brandt fort. «Keine direkten Eingriffe in die Hardware.

Stattdessen bringen wir passive Scanner an, die die Datenübertragungen aufzeichnen können, ohne das Netzwerk zu stören.»

Sie nickte Adrian zu. «Agent Schäfer wird wieder die Feldoperation leiten. Herr Bauer—» Sie wandte sich an Moritz. «Ihre Expertise ist weiterhin unverzichtbar. Sind Sie bereit, fortzufahren?»

«Absolut», antwortete Moritz ohne Zögern.

«Gut. Wir werden die drei Standorte nacheinander angehen, beginnend heute Nacht.» Dr. Brandt sah in die Runde. «Die Details wurden Ihren Sicherheitsstufen entsprechend verteilt. Fragen?»

Eine intensive Diskussion über Strategie und Timing folgte.

Adrian blieb fokussiert, professionell, aber er war sich Moritz neben sich hyperbewusst – seiner gelegentlichen Kommentare, seiner leichten Bewegungen, des Duftes seines Aftershaves.

Als das Briefing endete und die Teams sich auf ihre spezifischen Aufgaben vorbereiteten, zog Moritz Adrian zur Seite.

«Ich wollte dir etwas zeigen», sagte er leise. «Etwas, das ich bemerkt habe, als ich gestern meine Aufnahmen von anderen Hochhäusern durchging.»

Er zog sein Handy hervor und öffnete ein Foto. Es zeigte eine Nahaufnahme einer schwarzen Box, ähnlich der, die sie am Römer-Turm gesehen hatten, aber mit einem subtilen Unterschied.

«Siehst du das?» Moritz zoomte auf eine kleine Prägung in der Ecke des Geräts.

Adrian betrachtete das Bild genauer. Ein winziges Symbol war dort eingestanzt – ein stilisierter Pfeil durch einen Kreis.

«Ich habe das schon einmal gesehen», sagte er langsam. Die Erinnerung kam wie ein Blitz. «Das ist Werners Markenzeichen. Er hat es auf allen seinen Spezialanfertigungen.»

Moritz nickte.

«Das dachte ich mir. Es ist auf allen Boxen, die ich fotografiert habe, aber so klein, dass man es leicht übersehen kann.»

«Woher wusstest du, dass es wichtig sein könnte?»

Ein leichtes Lächeln huschte über Moritz' Gesicht.

«Ich achte auf Details. Besonders, wenn sie mit bestimmten BZSE-Agenten zu tun haben.»

Die Andeutung in seinen Worten war unmissverständlich, und Adrian spürte eine leichte Wärme in seinen Wangen. Er konzentrierte sich wieder auf das Bild. «Das beweist definitiv Werners Beteiligung. Ich muss das Dr. Brandt zeigen.»

«Schon erledigt. Ich habe es ihr vor dem Briefing gezeigt.»

Adrian sah überrascht auf. «Du hast…?»

«Ich weiß, wie wichtig dieser Fall für dich ist», sagte Moritz einfach. «Nach unserem Gespräch in meiner Wohnung… ich wollte helfen.»

Die Aufrichtigkeit in seinen Augen traf Adrian unerwartet tief.

Hier war jemand, der ihn kaum kannte und trotzdem verstand, was ihn antrieb. Das war selten. Wertvoll.

«Danke», sagte er leise.

Moritz' Lächeln vertiefte sich.

«Partner, erinnerst du dich?»

Der Moment zwischen ihnen war intim, trotz des geschäftigen Treibens um sie herum. Adrian spürte, wie etwas zwischen ihnen wuchs – eine Verbindung, die über die berufliche Zusammenarbeit hinausging. Es war gleichermaßen beunruhigend und aufregend.

«Einsatzteam in zwanzig Minuten bereit», unterbrach Thomas' Stimme den Moment. Er warf ihnen einen wissenden Blick zu. «Die Ausrüstung ist vorbereitet.»

«Wir kommen», antwortete Adrian, wieder der professionelle Agent.

Als sie den Raum verließen, berührte Moritz kurz seinen Arm.

«Übrigens, nach der heutigen Mission… hättest du Lust auf ein spätes Abendessen? Ich kenne ein Lokal, das bis Mitternacht serviert.»

Die Einladung war klar, persönlich, und Adrian wusste, dass er ablehnen sollte. Sich auf den Fall konzentrieren. Professionell bleiben.

«Gerne», hörte er sich stattdessen sagen.

Moritz' strahlendes Lächeln machte die irrationale Entscheidung sofort wett.

Die Mission am ersten Zielobjekt – einem neueren Bürogebäude im

Frankfurter Osten – verlief reibungslos. Dank der Voruntersuchungen wussten sie genau, wo sich der Transmitter befand: an einer Wartungseinheit im einundfünfzigsten Stock, erreichbar über eine schmale Außenplattform.

Im Gegensatz zum Römer-Turm konnten sie diesmal einen Wartungsaufzug auf der Außenseite des Gebäudes nutzen, was den Zugang erheblich erleichterte.

Dennoch erforderte es Moritz' Kletterexpertise, um den Scanner anzubringen, ohne den vorhandenen Transmitter zu stören.

Adrian beobachtete bewundernd, wie geschickt und sicher sich Moritz bewegte, trotz der Höhe und des nächtlichen Windes.

Es hatte etwas Faszinierendes an sich – diese Mischung aus völliger

Konzentration und natürlicher Leichtigkeit.

«Scanner ist installiert», meldete Moritz schließlich durch das Headset. «Unsichtbar, sofern man nicht gezielt danach sucht.»

«Gut gemacht. Komm zurück.»

Als Moritz wieder neben ihm in der Wartungsgondel stand, lächelte er zufrieden. «Das war fast zu einfach.»

Adrian überprüfte die Daten auf seinem Tablet.

«Der Scanner überträgt bereits. Thomas bestätigt den Empfang.»

Sie fuhren zurück zum Dach, wo ein BZSE-Wagen auf sie wartete. Die nächtliche Operation hatte kaum eine Stunde gedauert – ein erfreulicher Gegensatz zu ihrem ersten gemeinsamen Einsatz.

Im Wagen herrschte zunächst Schweigen, aber es war ein angenehmes Schweigen, ohne Spannung oder Unbehagen.

Adrian war überrascht, wie wohl er sich in Moritz' Gegenwart fühlte – wie vertraut es sich anfühlte, obwohl sie sich erst seit kurzem kannten.

«Du warst beeindruckend da draußen», sagte er schließlich. «So… mühelos.»

Moritz lächelte.

«Jahre der Übung. Aber danke.» Er lehnte sich leicht gegen Adrians Schulter. «Du warst auch nicht schlecht für einen Büroagenten.»

«Ich bin kein—»

«Ich weiß», unterbrach Moritz mit einem leisen Lachen. «Du bist ein

Feldagent, der sich hinter Akten versteckt.»

Die Charakterisierung war überraschend treffend. Seit dem Vorfall mit Werner hatte Adrian tatsächlich operative Einsätze gemieden, wann immer möglich.

«Es ist in Ordnung, vorsichtig zu sein», fügte Moritz leiser hinzu. «Aber manchmal… manchmal muss man wieder über die Kante steigen, um zu spüren, dass man lebt.»

Seine Worte trafen Adrian tiefer, als er erwartet hätte. Er dachte an sein geordnetes Leben der letzten Jahre, die Routinen, die Sicherheit.

Wie lange hatte er nichts wirklich Spontanes mehr getan?

Wann hatte er zuletzt etwas riskiert, das nicht mit der Arbeit zu tun hatte?

Der Wagen hielt vor dem BZSE-Gebäude.

«Wir müssen noch Bericht erstatten», sagte Adrian.

Moritz nickte.

«Und dann Abendessen?»

Eine Sekunde des Zögerns. Dann: «Und dann Abendessen.»

Der Bericht war kurz und präzise. Die Mission war ein voller Erfolg gewesen, der Scanner funktionierte wie geplant, und erste Daten strömten bereits ein. Dr. Brandt schien zufrieden.

«Gute Arbeit, beide», sagte sie. «Die nächste Operation ist für übermorgen angesetzt. Bis dahin analysieren wir die eingehenden Daten.»

Als sie das Hauptquartier verließen, war es bereits nach 23 Uhr. Die Frankfurter Nacht war kühl und klar, die Lichter der Hochhäuser spiegelten sich im Main.

«Mein Auto steht dort drüben», sagte Moritz und deutete auf einen kleinen roten Wagen am Straßenrand – so bunt und unkonventionell wie sein Besitzer.

«Du fährst… einen Smart?» Adrian konnte sein Lächeln nicht unterdrücken.

«Hey, in der Stadt praktisch! Und umweltfreundlicher als dein Regierungsfahrzeug.» Moritz grinste. «Steig ein, wenn du dich traust.»

Es war ein absurder Kontrast – Adrian, groß und in seinem dunklen Anzug, zusammengefaltet in dem winzigen Beifahrersitz.

Moritz lachte, als er sein Gesicht sah.

«Entspann dich. Es ist nur ein kurzer Weg.»

Er lenkte den Wagen durch die nächtlichen Straßen, weg vom Zentrum, in einen älteren Stadtteil mit schmalen Gassen und historischen Gebäuden.

Schließlich hielten sie vor einem unscheinbaren Lokal mit gedämpftem Licht hinter den Fenstern.

«Willkommen im ‚Versteck‘», sagte Moritz. «Frankfurts bestgehütetes kulinarisches Geheimnis.»

Das Restaurant war klein und gemütlich, mit dunklen Holztischen und sanfter Jazzmusik im Hintergrund. Trotz der späten Stunde waren einige Tische besetzt, hauptsächlich mit Paaren, die in intime Gespräche vertieft waren. Der Kellner begrüßte Moritz wie einen alten Freund und führte sie zu einem Tisch in einer ruhigen Ecke.

«Du kommst oft hierher?», fragte Adrian, während sie Platz nahmen.

«Es ist mein Zufluchtsort nach langen Tagen. Gutes Essen, keine Fragen.» Moritz nahm die Weinkarte. «Vertraust du mir bei der Auswahl?»

Adrian nickte, überrascht, wie leicht es ihm fiel, Kontrolle abzugeben – zumindest bei etwas so Einfachem wie dem Abendessen.

Moritz bestellte Wein und Vorspeisen mit der Selbstsicherheit eines Stammgastes. Als sie allein waren, lehnte er sich vor, sein Gesicht im warmen Kerzenlicht.

«Also, Adrian Schäfer. Was bringt einen Mann dazu, für die BZSE zu arbeiten? Die Liebe zum Vaterland? Der Nervenkitzel? Die stylischen schwarzen Anzüge?»

Adrian musste lächeln.

«Nichts so Edles, fürchte ich. Ich wurde an der Uni rekrutiert – Kriminologie und Psychologie. Sie boten bessere Karrierechancen als die Polizei.»

«Und jetzt jagst du internationale Kriminelle von Hochhausdächern aus.» Moritz hob sein frisch eingeschenktes Weinglas. «Auf unerwartete Karrierewege.»

Adrian stieß mit ihm an, genoss den reichen Geschmack des Rotweins.

«Was ist mit dir? Wie wird man Industriekletterer?»

«Oh, da gibt es keine spannende Geschichte. Ich war schon immer in den Bergen unterwegs – mein Vater war Bergführer in den Alpen.» Moritz' Augen leuchteten, wenn er über das Klettern sprach.

«Nach einer Sportverletzung konnte ich nicht mehr professionell klettern, also habe ich meine Fähigkeiten anders eingesetzt.»

Sie sprachen leicht und offen, während die Vorspeisen kamen – eine Auswahl kleiner Gerichte, die Adrian nicht alle identifizieren konnte, die aber köstlich schmeckten. Es fühlte sich seltsam normal an, mit Moritz hier zu sitzen, abseits der Arbeit und der Gefahr, einfach zwei Männer bei einem späten Abendessen.

«Warum hat dich Werners Fall so hart getroffen?», fragte Moritz plötzlich, seine Stimme sanfter, aber direkt.

Adrian zögerte. In seinem normalen Leben hätte er die Frage abgewehrt, das Thema gewechselt. Aber hier, in diesem versteckten Restaurant, mit Moritz' aufrichtigen Augen auf ihn gerichtet, wollte er antworten.

«Mein Partner, der bei dem Einsatz starb – Jan – war mehr als nur ein Kollege.» Er drehte das Weinglas in seinen Händen. «Wir waren seit der Ausbildung ein Team. Fünf Jahre gemeinsam im Feld.»

Moritz nickte verstehend, ließ ihn in seinem eigenen Tempo sprechen.

«Jan hatte eine Frau, zwei kleine Töchter.» Adrian atmete tief durch. «Ich war Pate der jüngeren. Bin es noch. Nach seinem Tod… ich konnte ihnen kaum in die Augen sehen. Wie erklärt man einem Kind, dass der Vater nicht mehr nach Hause kommt, weil man einen Fehler gemacht hat?»

«Es war nicht dein Fehler», sagte Moritz leise.

«Rational weiß ich das. Emotional…» Adrian zuckte mit den Schultern. «Ich besuche sie noch immer. Die Mädchen sind jetzt acht und zehn.»

Moritz' Hand glitt über den Tisch und berührte sanft Adrians Finger – eine flüchtige, tröstende Geste.

«Das erklärt vieles. Warum du so kontrolliert bist. Warum Werner dich so trifft.»

Adrian nickte. Er hatte noch nie so offen über Jan gesprochen, nicht einmal mit Kollegen, die ihn gekannt hatten. Es war seltsam befreiend.

«Danke, dass du es mir erzählt hast», sagte Moritz einfach.

Der Hauptgang kam – ein duftendes Gericht mit Lamm und Kräutern, das Adrian sofort begeisterte.

Sie wechselten zu leichteren Themen, erzählten Anekdoten aus ihren jeweiligen Berufen, lachten über gemeinsame Beobachtungen. Es war das entspannteste Abendessen, das Adrian seit langem erlebt hatte. Vielleicht seit Jahren. Moritz hatte eine Art, die ihn zum

Lachen brachte, ihn aus seiner üblichen Zurückhaltung lockte. Es war berauschend.

Als sie das Restaurant gegen 1 Uhr morgens verließen, standen sie kurz auf dem Gehweg, zögernd, als wollte keiner von ihnen den Abend beenden.

«Darf ich dich nach Hause bringen?», fragte Moritz schließlich.

Adrian nickte. Die Fahrt zu seiner Wohnung verlief in angenehmem Schweigen, beide in ihren Gedanken über den gemeinsamen Abend.

Vor seinem Wohnhaus hielt Moritz an. Der Motor lief leise im Hintergrund.

«Danke für heute Abend», sagte Adrian. «Es war… schön.»

«Ja, das war es.» Moritz' Augen reflektierten das Licht der Straßenlaternen. «Wir sollten das wiederholen. Vielleicht wenn dieser Fall vorbei ist.»

«Vielleicht sogar früher.» Adrian war selbst überrascht von seiner Kühnheit.

Moritz lächelte, ein warmes, verheißungsvolles Lächeln.

«Gute Nacht, Adrian.»

«Gute Nacht, Moritz.»

Adrian stieg aus und ging zur Haustür. Als er sich umdrehte, sah er, dass Moritz noch immer wartete, ihn beobachtete. Er hob kurz die Hand zum Abschied, und Moritz erwiderte die Geste, bevor er schließlich losfuhr.

In seiner Wohnung lehnte Adrian sich gegen die geschlossene Tür und atmete tief durch. Sein Herz schlug schneller, als es sollte, und er spürte ein Lächeln auf seinen

Lippen, das er nicht unterdrücken konnte.

Zum ersten Mal seit langem hatte er einen Abend verbracht, ohne an den Fall zu denken, ohne die Schatten der Vergangenheit zu spüren. Es fühlte sich gefährlich an – und wunderbar.

Sein Handy vibrierte mit einer Nachricht. Von Moritz.

Träum was Schönes. Bis übermorgen.

Adrian lächelte und tippte eine Antwort.

Danke für heute Abend. Bis übermorgen.

Er schickte die Nachricht ab, dann, nach kurzem Zögern, fügte er hinzu:

Ich freue mich darauf.

Kapitel 6: Verdächtige Muster

Die nächsten Tage vergingen in einem Rhythmus aus Analysen, Besprechungen und vorsichtiger Hoffnung. Der Scanner, den sie am ersten Zielgebäude installiert hatten, lieferte kontinuierlich Daten, die von Thomas und seinem Team akribisch ausgewertet wurden.

Adrian verbrachte lange Stunden im BZSE-Hauptquartier, studierte die Ergebnisse und suchte nach Verbindungen zu Werner.

Am Morgen der zweiten geplanten Operation fand er sich früh in seinem Büro ein. Die Wand mit den Fotos und Diagrammen war inzwischen noch umfangreicher geworden. Neue Bilder, neue Verbindungen, ein immer komplexeres Netzwerk.

Sein Handy vibrierte mit einer Nachricht. Von Moritz.

Guten Morgen, Agent Fokussiert. Bereit für die heutige Kletterpartie?

Adrian lächelte unwillkürlich.

Sie hatten in den letzten Tagen mehrfach Nachrichten ausgetauscht – nichts Tiefgründiges, eher leichte, alltägliche Dinge. Es war eine angenehme Abwechslung in seinem sonst so intensiven Arbeitsalltag.

Bereit. Briefing um 11 Uhr.

Die Antwort kam sofort: Bis dann. Kaffee vorher?

Adrian zögerte. Er hätte die Zeit eigentlich nutzen sollen, um die neuesten Berichte durchzugehen.

Aber die Vorstellung, Moritz früher zu sehen…

Cafeteria, 10:30?

Perfekt.

Er legte das Handy beiseite und zwang sich, sich wieder auf die Arbeit zu konzentrieren. Vor ihm lag der neueste Bericht von Thomas' Team – eine Analyse der Datenströme, die der Scanner aufgezeichnet hatte.

Die Muster waren faszinierend. Die Übertragungen erfolgten in präzisen Intervallen, immer zur gleichen Zeit, mit identischer Dauer. Was auch immer durch dieses Netzwerk floss, es war streng getaktet und kontrolliert.

Als Adrian die Daten genauer studierte, fiel ihm etwas auf. Er griff nach einem älteren Bericht und verglich die Zeiten. Die Erkenntnis traf ihn wie ein Blitz.

«Die Übertragungen korrespondieren mit Flugzeiten», murmelte er zu sich selbst.

Er eilte zu Thomas' Büro und klopfte energisch.

«Ich brauche die Flugpläne vom Frankfurter Flughafen», sagte er ohne Umschweife, als sein Kollege die Tür öffnete. «Für die letzten drei Wochen.»

Thomas hob eine Augenbraue. «Warum?»

«Ich glaube, die Übertragungen sind an Flugbewegungen gekoppelt.»

Zwanzig Minuten später standen sie vor einem großen Bildschirm in Thomas' Büro. Die Datenübertragungen des Netzwerks waren als rote Linien dargestellt, während die Starts und Landungen bestimmter Interkontinentalflüge als blaue Markierungen erschienen.

«Die Korrelation ist eindeutig», sagte Thomas anerkennend. «Jede größere Übertragung erfolgt exakt siebzehn Minuten vor der Landung bestimmter Frachtflüge aus Asien und Südamerika.»

Adrian nickte.

«Werner war immer ein Meister der Logistik. Er nutzt kommerzielle Flüge als Transportmittel.»

«Aber für was?»

«Das müssen wir herausfinden.» Adrian sah auf die Uhr. «Informier Dr. Brandt. Ich treffe mich mit Moritz und bereite ihn auf die heutige Operation vor.»

Thomas' Mundwinkel zuckten leicht.

«Natürlich tust du das.»

Adrian ignorierte die Andeutung und machte sich auf den Weg zur Cafeteria.

Moritz war bereits da, als Adrian die BZSE-Cafeteria betrat. Er saß an einem Tisch am Fenster, zwei Kaffeetassen vor sich, und unterhielt sich angeregt mit einer jungen Frau aus der IT-Abteilung, die lachend an seinen Lippen hing.

Ein irrationaler Stich von… war es Eifersucht? Adrian schüttelte den Gedanken ab und ging auf den Tisch zu.

Moritz bemerkte ihn sofort, sein Gesicht erhellte sich in einem Lächeln, das eindeutig für Adrian bestimmt war.

«Da bist du ja.»

Die IT-Spezialistin verabschiedete sich hastig, warf Adrian einen neugierigen Blick zu und verschwand in Richtung Ausgang.

«Ich sehe, du knüpfst Kontakte», bemerkte Adrian trocken und setzte sich.

Moritz schob ihm eine der Tassen zu. «Nur freundliche Gespräche. Deine Kollegin hat mir erklärt, wie die BZSE-Kantine funktioniert.» Er lehnte sich vor, seine Augen warm. «Außerdem warte ich auf jemand ganz Bestimmtes.»

Die Offenheit in seinem Blick ließ Adrian warm werden. Er nahm einen Schluck Kaffee, um Zeit zu gewinnen.

«Wir haben einen Durchbruch im Fall.»

Moritz hörte aufmerksam zu, während Adrian die Entdeckung

über die Flugpläne erläuterte. Sein Gesicht wurde ernster, professioneller – eine Seite von ihm, die Adrian zunehmend schätzte. Unter der lockeren Fassade verbarg sich ein scharfer Verstand und die Fähigkeit, Zusammenhänge schnell zu erfassen.

«Also transportiert Werner etwas über kommerzielle Flüge, und dieses Kommunikationsnetzwerk koordiniert die Abwicklung?», fasste Moritz zusammen.

Adrian nickte.

«Das würde zu seinem Modus Operandi passen. Als wir ihn das letzte Mal fassten, schmuggelte er Prototypen von Waffensystemen in ganz gewöhnlichen Frachtcontainern.»

«Und was ist heute der Plan?»

«Wir installieren den zweiten Scanner. Diesmal am Finanzturm im Westend. Die Position ist ähnlich wie beim ersten Gebäude, aber diesmal müssen wir über das Dach eines Nachbargebäudes zugreifen.»

Moritz lehnte sich zurück, eine Spur von Vorfreude in seinen Augen. «Herausfordernd. Gefällt mir.»

Sie besprachen die technischen Details der bevorstehenden Operation, doch Adrian fand sich immer wieder abgelenkt von kleinen Dingen – der Art, wie Moritz' Hände sich bewegten, wenn er sprach; dem gelegentlichen Funkeln in seinen Augen; der lockeren Strähne, die ihm in die Stirn fiel.

«Was ist?», fragte Moritz plötzlich, mitten in der Erklärung der Zugangsmöglichkeiten.

Adrian blinzelte. «Nichts.»

«Du siehst mich an, als würdest du etwas suchen.»

Die Direktheit der Aussage überrumpelte ihn. «Ich…» Er holte tief Luft. «Ich frage mich nur, wie du das machst.»

«Was machen?»

«So… präsent sein. Im Moment. Ohne ständig an alle möglichen Konsequenzen zu denken.»

Moritz lächelte, ein sanftes, verständnisvolles Lächeln.

«Jahrelanges Training auf Klippen, wo ein falscher Gedanke tödlich sein kann. Man lernt, genau da zu sein, wo man ist.» Er hielt Adrians Blick. «Außerdem…

manche Momente sind es wert, voll erlebt zu werden.»

Die plötzliche Intensität zwischen ihnen war fast greifbar. Adrian war sich bewusst, dass sie in der BZSE-Cafeteria saßen, umgeben von Kollegen, und dennoch fühlte es sich an, als wären sie allein.

Sein Handy rettete ihn, als es mit einer Nachricht von Dr. Brandt vibrierte – eine Vorverlegung des Briefings.

«Wir müssen los», sagte er, seine Stimme rauer als beabsichtigt.

Moritz nickte, aber seine Augen hielten Adrians noch einen Moment länger, voller unausgesprochener Worte.

Das Briefing war kurz und präzise. Dr. Brandt bestätigte die neue Richtung der Ermittlungen und betonte die Wichtigkeit der zweiten Scanner-Installation.

«Wenn unsere Theorie stimmt, können wir möglicherweise den nächsten Schmuggeltransport identifizieren», schloss sie. «Agent Schäfer, Herr Bauer – Sie sind um 14 Uhr vor Ort. Das Gebäudemanagement ist informiert.»

Der Finanzturm im Westend gehörte zu den neueren Wolkenkratzern Frankfurts – eine schlanke Säule aus Glas und Stahl, die zwischen älteren Gebäuden aufragte. Die Zielposition befand sich an der Nordseite, etwa im vierzigsten Stockwerk, wo einer der verdächtigen Transmitter installiert war.

Die Besonderheit: Der direkteste Zugang erfolgte über das Dach eines benachbarten, niedrigeren

Gebäudes, von dem aus sie sich seitlich zum Turm abseilen mussten – eine horizontal-vertikale Kombination, die deutlich anspruchsvoller war als ihr erster Einsatz.

Moritz überprüfte die Ausrüstung mit gewohnter Gründlichkeit, während Adrian den Scanner testete, den Thomas' Team vorbereitet hatte.

«Bereit?», fragte Adrian, als sie auf dem Dach des Nebengebäudes standen und auf die Fassade des Finanzturms blickten. Die Entfernung zwischen den Gebäuden betrug etwa fünfzehn Meter – ein beachtlicher Abstand, der präzise Kletterarbeit erforderte.

Moritz nickte, während er die Seilsicherungen anbrachte.

«Ich gehe vor und sichere die Traversierung. Du folgst, wenn ich das Signal gebe.»

Adrian beobachtete, wie Moritz mit ruhiger Expertise die komplexe Seilkonstruktion aufbaute. Es war faszinierend zu sehen, wie fokussiert er arbeitete – alle Leichtigkeit verschwunden, ersetzt durch völlige Konzentration.

«So», sagte Moritz schließlich. «Jetzt kommt der Spaß.»

Er befestigte die Seile an seinem Gurt, überprüfte die Karabiner ein letztes Mal und ging dann zum Rand des Daches. Mit einer flüssigen Bewegung seilte er sich ab, bis er auf Höhe des Zielstockwerks war, dann begann er die horizontale Traversierung – eine beeindruckende Demonstration von Kraft und Präzision.

Adrian verfolgte jede seiner Bewegungen durch ein kleines Fernglas. Das Headset in seinem Ohr übertrug Moritz' kontrollierte Atmung, gelegentlich unterbrochen von kurzen Anweisungen.

«Die Strömung zwischen den Gebäuden ist stark», meldete Moritz. «Sei vorsichtig, wenn du nachkommst.»

Nach etwa zehn Minuten hatte er die Fassade des Finanzturms erreicht und sicherte sich an einer Wartungshalterung. «Position gesichert. Der Transmitter ist genau hier, wie vermutet. Komm rüber.»

Adrians Herz schlug schneller, als er sich in seine eigene Kletterausrüstung begab. Er hatte in den letzten Tagen mehr Training absolviert, fühlte sich sicherer als beim ersten Mal, aber diese Traversierung war eine neue Herausforderung.

Mit methodischer Ruhe folgte er Moritz' Beispiel, seilte sich ab und begann dann die horizontale Bewegung. Der Wind zwischen den Gebäuden war tatsächlich überraschend stark, zerrte an seinem Körper und ließ das Seil vibrieren.

«Gleichmäßig bewegen», kam Moritz' ruhige Stimme durch das Headset. «Du machst das gut.»

Langsam, Meter für Meter, näherte sich Adrian der gegen-überliegenden Fassade. Die Straße weit unter ihm verschwamm zu einem abstrakten Muster, und er zwang sich, nur nach vorne zu schauen, auf Moritz, der ihn mit ermutigenden Worten leitete.

Als er die Glasfassade schließlich erreichte, streckte Moritz eine Hand aus und zog ihn die letzten Zentimeter heran.

Für einen Moment hingen sie nebeneinander, ihre Körper nah, ihre Blicke verbunden in einem stillen Austausch von Erleichterung und… etwas anderem, Tieferem.

«Geschafft», sagte Moritz leise, ein Lächeln in seinen Augen.

Adrian nickte, zu atemlos für Worte. Die Nähe zu Moritz, die gemeinsame Anspannung und nun die Erleichterung – es schuf eine seltsame Intimität, trotz ihres prekären Standorts an der Fassade eines Wolkenkratzers.

Sie wandten sich der Aufgabe zu.

Der Transmitter war ähnlich positioniert wie der erste, hinter einem Lüftungsgitter.

Moritz entfernte das Gitter, während Adrian den Scanner vorbereitete.

«Schau», sagte Moritz plötzlich und deutete auf eine kleine Gravur in der Halterung des Transmitters – das inzwischen bekannte Symbol von Werner, der Pfeil durch den Kreis. «Er hat sein Ego nie im Griff gehabt, oder?»

Adrian schmunzelte. «Das war schon immer seine Schwäche.»

Die Installation des Scanners verlief ohne Komplikationen. Anders als beim ersten Mal mussten sie den Transmitter nicht berühren oder verändern – der Scanner nutzte passive Technologie, um die Signale abzufangen, ohne erkannt zu werden.

«Verbindung steht», bestätigte Adrian, nachdem er die Daten auf seinem Spezial-Tablet überprüft hatte. «Thomas empfängt das Signal.»

Sie begannen den Rückweg – diesmal musste Adrian vorangehen, während Moritz die Sicherung übernahm. Die Traversierung zurück war ebenso anspruchsvoll, aber Adrians wachsendes Vertrauen in die Ausrüstung und in Moritz' Führung machte es leichter.

Als sie schließlich sicher auf dem Dach des Nachbargebäudes landeten, spürte Adrian ein unerwartetes Hochgefühl – eine Mischung aus Adrenalin und Erfolgserlebnis, die er seit Jahren nicht mehr so intensiv empfunden hatte.

Moritz lachte, als er Adrians Gesicht sah.

«Da ist es – dieses Leuchten. Das ist der Grund, warum ich klettere.»

Sie packten die Ausrüstung zusammen, ihre Bewegungen waren synchron und effizient. Die gemeinsame Arbeit hatte bereits eine vertraute Routine entwickelt.

«Also», sagte Moritz beiläufig, während er die Seile aufrollte. «Nach dem Bericht… hast du schon Pläne für heute Abend?»

Adrian hielt inne. Die Frage klang so normal, so alltäglich, und doch lag eine Welt von Möglichkeiten darin.

«Nein», antwortete er schließlich. «Keine Pläne.»

Moritz nickte langsam.

«Ich dachte… vielleicht könntest du mit zu mir kommen. Ich koche. Nichts Besonderes, aber besser als Kantinenessen.»

Die Einladung hing zwischen ihnen, bedeutungsvoller als die simplen Worte vermuten ließen. Adrian wusste, dass er ablehnen sollte. Professionelle Distanz wahren. Sich auf den Fall konzentrieren.

«Gerne», hörte er sich stattdessen sagen. «Was kann ich mitbringen?»

Moritz' Lächeln war wie Sonnenschein nach Regen. «Nur dich selbst.»

Der Bericht im BZSE-Hauptquartier dauerte länger als erwartet. Thomas' Team hatte bereits erste Daten vom neuen Scanner und arbeitete an einer integrierten Analyse beider Standorte.

«Die Muster werden klarer», erklärte Thomas im Konferenzraum. «Wir können jetzt die Übertragungswege genauer nachvollziehen. Es scheint, dass die Informationen von mehreren Punkten gesammelt und dann gebündelt weitergeleitet werden.» Dr. Brandt nickte anerkennend.

«Gute Arbeit, alle. Die dritte Installation planen wir für übermorgen. In der Zwischenzeit möchte ich, dass wir uns auf die identifizierten Flüge konzentrieren.»

Sie wandte sich an Adrian. «Ich habe Kontakt mit dem Zoll aufgenommen. Wir bekommen Zugriff auf die Frachtlisten der nächsten einschlägigen Flüge.»

Es war fast 19 Uhr, als Adrian endlich sein Büro verließ. Moritz hatte geduldig gewartet, in ein Magazin über Bergsteigen vertieft, das er irgendwo aufgetrieben hatte.

«Entschuldige die Verzögerung», sagte Adrian.

Moritz winkte ab.

«Teil des Jobs. Bereit zu gehen?»

Der Weg zu Moritz' Wohnung verlief in angenehmem Gespräch. Sie diskutierten den Erfolg der Mission, die neuen Erkenntnisse, vermieden aber bewusst die tieferen Implikationen des Abends.

In der Wohnung angekommen, bewegte sich Moritz mit natürlicher Leichtigkeit durch den Raum, stellte Musik an – sanften Jazz – und öffnete eine Flasche Wein.

«Mach es dir bequem», sagte er und deutete auf das Sofa. «Ich fange mit dem Essen an.»

Adrian nahm das angebotene Glas Wein und beobachtete, wie Moritz in der offenen Küche hantierte. Es war faszinierend zu sehen, wie anders er hier war – entspannt, in seinem Element, ohne die Konzentration, die er beim Klettern zeigte, aber mit derselben natürlichen Anmut.

«Kann ich helfen?», fragte Adrian schließlich, zu rastlos, um nur zu beobachten.

Moritz lächelte über die Schulter.

«Wenn du möchtest. Hier, du könntest die Tomaten schneiden.»

Sie arbeiteten nebeneinander an der kleinen Kücheninsel, ihre Ellbogen berührten sich gelegentlich, ein einfaches, häusliches

Zusammenspiel, das Adrian seltsam vertraut vorkam, obwohl es völlig neu war.

«Kochst du oft?», fragte er, als Moritz geschickt Knoblauch und Zwiebeln in einer Pfanne anschwitzen ließ.

«Wenn ich zu Hause bin, ja. Es entspannt mich.» Er warf Adrian einen Blick zu. «Du nicht?»

Adrian zuckte mit den Schultern.

«Selten. Meistens esse ich auswärts oder… nun ja, einfache Dinge.»

«Das erklärt, warum du so dünn bist, Agent Schäfer.» Moritz stupste ihn spielerisch mit dem Ellbogen an. «Wir müssen dich besser füttern.»

Das «wir» hing in der Luft, eine unbeabsichtigte Andeutung auf mehr gemeinsame Abende, mehr geteilte Mahlzeiten. Adrian spürte, wie sein Herz schneller schlug bei dem Gedanken.

Das Essen – eine einfache, aber köstliche Pasta mit frischen Tomaten, Basilikum und etwas, das Moritz geheimnisvoll als «Familiengewürz» bezeichnete – war bald fertig. Sie setzten sich an den kleinen Tisch am Fenster, von wo aus man einen Blick auf den Main und die beleuchtete Skyline hatte.

«Auf erfolgreiche Missionen», sagte Moritz und hob sein Glas.

«Und auf unerwartete Partnerschaften», erwiderte Adrian, überrascht von seiner eigenen Kühnheit.

Moritz' Augen glänzten im Kerzenlicht, als sie anstießen.

Die Unterhaltung floss leicht, bewegte sich von der Arbeit zu persönlicheren Themen – Kindheitserinnerungen, Lieblingsorte, kleine Anekdoten aus ihren Leben.

Nach dem Essen räumten sie gemeinsam ab, bewegten sich umeinander in einer natürlichen Choreographie, als hätten sie dies schon hundertmal getan. Als die Küche sauber war, nahmen sie ihre Weingläser und gingen ins Wohnzimmer.

Sie setzten sich aufs Sofa, näher beieinander als unbedingt nötig. Die Musik spielte leise im Hintergrund, die Lichter der Stadt funkelten durch die großen Fenster.

«Danke für heute Abend», sagte Adrian leise. «Es war… schön.»

Moritz lächelte, sein Blick forschend.

«Du klingst überrascht.»

«Bin ich vielleicht. Ich bin nicht gewohnt…» Adrian suchte nach den richtigen Worten. «Das hier. Normalität. Entspannung.»

«Das Leben besteht nicht nur aus Ermittlungen und Gefahren, weißt du.» Moritz' Stimme war sanft. «Es gibt auch… dies.»

Er machte eine kleine Geste, die sie beide einschloss, den gemeinsamen Abend, den geteilten Moment.

Adrian nickte langsam.

«Ich weiß. Ich habe es nur… vergessen. Oder vielleicht verdrängt.»

Moritz stellte sein Glas auf den Tisch und drehte sich leicht, um Adrian direkt anzusehen. «Kann ich dich etwas fragen?»

«Natürlich.»

«Warum bist du hier? Wirklich?»
Seine Augen waren ernst, forschend. «Nach all der Vorsicht, der Kontrolle – warum riskierst du es?»

Die Frage traf Adrian unerwartet tief. Er hätte ausweichen können, ein oberflächliches «Warum nicht?» anbieten. Aber Moritz verdiente mehr. Er verdiente Ehrlichkeit.

«Weil… du mich sehen lässt, wie die Welt sein könnte.» Adrian holte tief Luft. «Nicht nur bedrohlich und gefährlich, sondern auch… lebenswert. Voller Möglichkeiten.»

Moritz' Augen wurden weicher, sein Gesicht öffnete sich in einem Ausdruck, der Adrian den Atem raubte.

«Und warum bist du hier mit mir?», fragte Adrian leise. «Ein komplizierter Agent mit zu vielen Regeln und zu wenig Spontaneität?»

Moritz lächelte, ein Lächeln, das seine Augen erreichte und sein ganzes Gesicht erhellte.

«Weil unter all diesen Regeln jemand ist, der das Leben spüren will. Jemand, der es wert ist, kennengelernt zu werden.» Er lehnte sich leicht vor. «Jemand, den ich sehr gerne küssen würde, wenn er es erlaubt.»

Die Welt schien stillzustehen. Adrian spürte seinen Herzschlag in seinen Ohren, die Wärme, die sich in seinem Körper ausbreitete. Hier war der Moment – die Grenze zwischen Professionalität und persönlichem Verlangen, zwischen Kontrolle und freiem Fall.

Er traf seine Entscheidung.

«Ich erlaube es», flüsterte er.

Moritz hob eine Hand und berührte sanft Adrians Wange, eine federleichte Berührung, die Elektrizität durch seinen Körper jagte. Langsam, als gäbe er Adrian jede Chance zurückzuweichen, neigte er sich vor.

Ihre Lippen trafen sich in einem zarten, fragenden Kuss – vorsichtig, erkundend. Adrian schloss die Augen, verlor sich in der Empfindung, dem Geschmack von Wein und etwas, das unverkennbar Moritz war.

Der Kuss vertiefte sich langsam, wurde sicherer, als Adrian eine Hand an Moritz' Nacken legte, ihn näher zog.

Es war berauschend – die Wärme, die Nähe, das Gefühl von Verbindung, das so lange gefehlt hatte.

Als sie sich schließlich trennten, beide leicht atemlos, hielt Moritz Adrians Blick, seine Augen dunkel und intensiv.

«Okay?», fragte er leise.

Adrian nickte, unfähig, die Emotionen in Worte zu fassen, die durch ihn strömten. Stattdessen lehnte er sich vor und küsste Moritz erneut, diesmal mit mehr Sicherheit, mehr Verlangen.

Die Welt um sie herum verschwamm – die BZSE, der Fall, Werner – alles rückte in den Hintergrund, während sie sich in diesem Moment verloren, in der einfachen, überwältigenden Freude, einander zu halten, zu spüren, zu erkunden.

Es war ein Sprung ins Ungewisse, ein Schritt über die Kante des sicheren Bodens. Aber zum ersten Mal seit langem hatte Adrian keine Angst vor dem Fall.

Kapitel 7: Im freien Fall

Der Morgen dämmerte bereits, als Adrian erwachte. Einen Moment lang war er desorientiert, bis ihm bewusst wurde, wo er war – in Moritz' Bett, der warme Körper des anderen Mannes neben ihm, friedlich schlafend. Die Erinnerungen an die vergangene Nacht durchfluteten ihn mit einer Welle von Wärme.

Sie hatten lange auf dem Sofa gesessen, erst küssend, dann redend, dann wieder küssend, in einem langsamen, sinnlichen Tanz der Annäherung. Irgendwann hatte Moritz gefragt: «Bleibst du?» Und Adrian hatte ohne Zögern zugestimmt.

Was dann folgte, war eine Nacht voller Entdeckungen und Hin-

gabe. Als sie schließlich ins Schlaf-
zimmer gewechselt waren, hatte
Adrian jede Zurückhaltung fallen-
gelassen. Die Berührungen, das
Erforschen von Moritz' Körper,
die geteilte Leidenschaft – all das
hatte sich natürlich und richtig
angefühlt, als hätte er jahrelang
auf genau diesen Moment
gewartet. Auf diesen Mann.
Adrian betrachtete Moritz im
sanften Morgenlicht. Seine Locken
fielen ihm wild ins Gesicht, seine
Lippen waren leicht geöffnet,
seine Brust hob und senkte sich in
ruhigem Rhythmus. In diesem
Moment wirkte er verletzlich, so
anders als der selbstsichere Kletterer, der furchtlos an Wolkenkratzern hing.
Vorsichtig, um ihn nicht zu
wecken, streckte Adrian eine

Hand aus und strich eine Locke aus Moritz' Gesicht. Die Geste war so intim, so ungewohnt für ihn, dass sie sein Herz schneller schlagen ließ.

Moritz' Augen öffneten sich langsam, blinzelten ins Morgenlicht. Als er Adrian sah, breitete sich ein warmes, verschlafenes Lächeln auf seinem Gesicht aus.

«Du bist noch hier», murmelte er, seine Stimme rau vom Schlaf.

«Natürlich», antwortete Adrian leise.

Moritz streckte eine Hand aus und berührte Adrians Gesicht, als müsste er sich vergewissern, dass er real war. «Ich hatte halb befürchtet, du würdest in der Nacht verschwinden. Zurück in deine geordnete Welt.»

Adrian lächelte. «Ich bin genau da, wo ich sein will.»

Moritz' Augen weiteten sich. Sein Blick wurde weicher, intensiver. Er lehnte sich vor und küsste Adrian, ein sanfter, morgendlicher Kuss, der langsam an Tiefe gewann. Adrians Hand fand ihren Weg in Moritz' Haar, zog ihn näher, während Moritz' Arm sich um seine Taille schlang.

Das leise Summen von Adrians Handy auf dem Nachttisch unterbrach den Moment. Er seufzte gegen Moritz' Lippen.

«Die Pflicht ruft», murmelte Moritz mit einem kleinen Lächeln.

Adrian griff nach dem Handy. Eine Nachricht von Thomas.

Notfall-Briefing, 8 Uhr. Wir haben Werner lokalisiert.

Adrian setzte sich abrupt auf. «Sie haben Werner gefunden.»

Die Atmosphäre im Raum veränderte sich augenblicklich. Moritz richtete sich ebenfalls auf, alle Verschlafenheit verschwunden.

«Wo?»

«Weiß ich nicht. Notfall-Briefing in einer Stunde.» Adrian schwang die Beine aus dem Bett. «Ich muss zurück in meine Wohnung, frische Kleidung holen.»

Moritz nickte, sofort im Arbeitsmodus.

«Ich bringe dich hin.»

Sie machten sich in Rekordzeit fertig. Auf dem Weg zu Adrians Wohnung herrschte eine angespannte Stille, beiden bewusst, dass der Fall nun in eine entscheidende Phase eintrat.

Vor dem Wohnhaus hielt Moritz an.

«Ich hole dich in zwanzig Minuten wieder ab.»

Adrian nickte. Er zögerte, dann lehnte er sich über die Mittelkonsole und küsste Moritz kurz, aber intensiv. «Bis gleich.»

In seiner Wohnung duschte und zog er sich in mechanischer Effizienz um. Die Gedanken rasten. Werner gefunden. Nach all der Zeit. Die Möglichkeit, endlich Gerechtigkeit für Jan zu erlangen – und gleichzeitig die Sorge, dass die alten Dämonen zurückkehren würden.

Pünktlich wie versprochen hielt Moritz' Wagen unten. Die Fahrt zum BZSE-Hauptquartier verlief größtenteils schweigend, aber Moritz' Hand fand kurz die seine,

drückte sie in stiller Unterstützung. Diese kleine Geste bedeu-
tete Adrian mehr, als er ausdrü-
cken konnte.

Das Briefing war bereits in vollem
Gange, als sie eintrafen. Dr.
Brandt stand vor einem großen
Bildschirm, der eine Karte des
Frankfurter Flughafens zeigte.
Mehrere Punkte waren darauf
markiert.

«Agent Schäfer, Herr Bauer»,
begrüßte Dr. Brandt sie mit einem
knappen Nicken. «Gerade recht-
zeitig.»

Adrian bemerkte die fragenden
Blicke einiger Kollegen, als sie
gemeinsam eintraten, ignorierte
sie aber. Es gab Wichtigeres.

«Was haben wir?», fragte er, während sie Platz nahmen.

Thomas übernahm die Erklärung. «Die beiden Scanner haben uns erlaubt, das Kommunikationsmuster vollständig zu entschlüsseln. Wir konnten die Übertragungen rückverfolgen und den Ursprung identifizieren.»

Auf dem Bildschirm erschien ein Foto – ein unauffälliges Gebäude am Rande des Flughafengeländes.

«Ein Frachtabfertigungsunternehmen namens ‚Global Logistics Solutions'», erklärte Thomas. «Gegründet vor sechs Monaten, mit beeindruckend sauberen Papieren. Aber die Datenströme zeigen eindeutig, dass von dort aus das gesamte Netzwerk koordiniert wird.»

«Werner?», fragte Adrian knapp.

Dr. Brandt nickte. «Unsere Überwachungskameras haben ihn gestern Abend dort erfasst. Er ist definitiv vor Ort und koordiniert offenbar persönlich einen größeren Transport.»

Sie zeigte ein Überwachungsfoto. Es war etwas unscharf, aber unverkennbar Werner – hagerer als früher, mit grauem Haar, aber mit demselben selbstgefälligen Ausdruck, den Adrian nur zu gut kannte.

«Wann?», fragte er, die Stimme kontrolliert, obwohl sein Puls raste.

«Heute Nacht», antwortete Dr. Brandt. «Ein Frachtflug aus Singapur landet um 23:15 Uhr. Alle Anzeichen deuten darauf hin, dass es sich um einen umfangreichen Schmuggeltransport handelt.»

Sie trat vor die versammelte Gruppe. «Wir bereiten eine koordinierte Operation vor. Das Ziel ist, Werner und seine Organisation auf frischer Tat zu ertappen.»

Ein detaillierter Einsatzplan wurde vorgestellt. Drei Teams würden verschiedene Schlüsselpositionen einnehmen – eines am Firmengebäude, eines am Frachtbereich des Flughafens, eines an der Zufahrtsstraße.

«Agent Schäfer wird das Alpha-Team am Firmengebäude leiten», verkündete Dr. Brandt. «Ihre Aufgabe ist es, Werner persönlich zu stellen, sobald der Zugriff erfolgt.»

Adrian nickte, eine Mischung aus Entschlossenheit und unterdrückter Anspannung in seinem Gesicht.

«Was ist mit Moritz?», fragte er, als die Teamzuteilungen abgeschlossen waren.

Dr. Brandt warf ihm einen langen Blick zu. «Herr Bauer ist Zivilist. Er wird nicht an der Operation teilnehmen.»

Moritz, der die ganze Zeit schweigend zugehört hatte, richtete sich auf. «Mit Verlaub, Dr. Brandt, ich könnte nützlich sein. Besonders wenn es um schwer zugängliche Bereiche geht.»

Dr. Brandt schüttelte den Kopf. «Das Risiko ist zu hoch. Dies ist eine bewaffnete Operation gegen eine gefährliche kriminelle Organisation.»

Adrian wollte protestieren, aber Moritz berührte leicht seinen Arm

– eine Geste, die den meisten entging, aber ihre wachsende Vertrautheit verriet.

«Es ist in Ordnung», sagte er leise. «Sie hat Recht.»

Der Rest des Tages verging in intensiven Vorbereitungen. Die Teams wurden ausgestattet, Strategien verfeinert, Notfallpläne erstellt. Adrian war vollständig fokussiert, jede persönliche Emotion zurückgedrängt hinter seinem professionellen Selbst.

Nur einmal, als sie kurz allein waren in einem Nebenraum, ließ er die Maske fallen.

«Sei vorsichtig heute Nacht», sagte Moritz, seine Augen ernst. «Werner ist gefährlich.»

«Ich weiß», antwortete Adrian. «Das ist nicht mein erster Einsatz.»

«Nein, aber es ist persönlich. Das macht es anders.» Moritz trat näher, seine Stimme leiser. «Versprich mir, dass du dich nicht in unnötige Gefahr begibst. Nur weil es Werner ist.»

Adrian wollte abwinken, sagen, dass er professionell handeln würde. Aber Moritz' Blick war so intensiv, so aufrichtig besorgt, dass er nickte.

«Ich verspreche es.»

«Gut.» Moritz lehnte sich vor und küsste ihn kurz. «Ich werde hier sein, wenn du zurückkommst.»

Die Berührung ihrer Lippen war flüchtig, aber kraftvoll – eine Erinnerung an etwas, das über den Fall hinausging, ein Anker in der aufgewühlten See von Adrians Emotionen.

Die Dunkelheit hatte sich über Frankfurt gesenkt, als die BZSE-Teams ihre Positionen einnahmen. Adrian, gekleidet in taktische Ausrüstung mit kugelsicherer Weste, führte sein vierköpfiges Team zur Rückseite des Firmengebäudes von Global Logistics Solutions.

Das Gebäude lag im Halbdunkel, nur wenige Fenster waren erleuchtet. Überwachungskameras hatten bestätigt, dass Werner noch im Inneren war, zusammen mit mindestens acht weiteren Personen – vermutlich seine engsten Mitarbeiter.

«Alpha-Team in Position», meldete Adrian leise ins Funkgerät.

«Beta-Team in Position am Frachtbereich», kam die Antwort.

«Gamma-Team sichert die Zufahrtsstraße.»

Dr. Brandt, die die Operation aus der mobilen Einsatzzentrale koordinierte, gab die finalen Anweisungen. «Der Frachtflug landet in acht Minuten. Alle Teams bleiben in Bereitschaft, bis der Container identifiziert ist. Dann erfolgt der simultane Zugriff auf mein Signal.»

Die Minuten dehnten sich wie Stunden. Adrian beobachtete das Gebäude durch ein Nachtsichtgerät, sein Atem ruhig und kontrolliert trotz des Adrenalins in seinen Adern. Er hatte Jahre auf diesen Moment gewartet – Werner endlich zur Rechenschaft zu ziehen, Jan Gerechtigkeit zu verschaffen.

«Flug SQ7892 ist gelandet», meldete das Beta-Team. «Container werden entladen.»

Weitere angespannte Minuten vergingen. Dann: «Zielobjekt identifiziert. Container wird auf Transportfahrzeug verladen.»

«Start der Operation in T minus drei Minuten», kam Dr. Brandts Stimme. «Alle Teams bestätigen finale Bereitschaft.»

Adrian gab seinem Team letzte Anweisungen, überprüfte ein letztes Mal seine Waffe. Obwohl er hoffte, sie nicht einsetzen zu müssen, wusste er, dass Werner für nichts zurückschreckte.

«T minus eine Minute.»

Sein Herzschlag beschleunigte sich, aber seine Hand war ruhig, sein Fokus scharf.

«Operation startet… jetzt.»

Auf dieses Signal hin bewegte sich das Alpha-Team synchron zur Hintertür des Gebäudes. Ein Spezialist überwand das elektronische Schloss in Sekunden, und sie drangen ein, Waffen im Anschlag.

Der Korridor war leer, aber aus einem Raum am Ende drangen Stimmen. Adrian gab Handzeichen, und das Team bewegte sich lautlos vorwärts.

Mit einer schnellen, flüssigen Bewegung trat er die Tür auf. «BZSE! Niemand bewegt sich!»

Der Raum war ein großes Büro, umfunktioniert zu einer Art Kommandozentrale. Computerbildschirme zeigten verschiedene Bereiche des Flughafens, Karten, Diagramme. Vier Männer waren anwesend – aber nicht Werner.

«Wo ist er?», forderte Adrian, während sein Team die Anwesenden sicherte.

Einer der Männer, offensichtlich ein Untergebener Werners, lächelte nur kalt. Im selben Moment knackte das Funkgerät.

«Achtung alle Teams! Wir haben eine Situation am Frachtbereich. Werner wurde gesichtet, er flieht Richtung Nordausgang!»

Adrian fluchte innerlich. «Alpha-2 und 3, sichert die Gefangenen. Alpha-4, mit mir!»

Sie rannten zurück nach draußen, um den Dienstwagen zu erreichen. Der Frachtbereich war nur etwa zwei Kilometer entfernt – mit dem Wagen eine Sache von Minuten.

«Beta-Team, Status?», fragte Adrian ins Funkgerät, während sie losfuhren.

«Schusswechsel im Sektor B3. Zwei Verletzte auf unserer Seite. Werner und drei weitere Verdächtige haben einen Lieferwagen gestohlen und durchbrechen die südliche Absperrung!»

«Gamma-Team übernimmt die Verfolgung», kam die nächste Meldung. «Wir brauchen Verstärkung an der Ausfallstraße Richtung Stadt!»

Adrian lenkte den Wagen durch das weitläufige Flughafengelände, das Funkgerät gab kontinuierlich neue Standorte durch. Die Jagd hatte begonnen.

«Alpha-Team nimmt Abkürzung über die Wartungsstraße», meldete er. «Wir versuchen, ihnen den Weg abzuschneiden.»

Er konzentrierte sich vollständig auf die Verfolgung, jeden Gedanken an Moritz, an die vergangene Nacht, an alles Persönliche beiseiteschiebend. Jetzt zählte nur eines: Werner nicht entkommen zu lassen. Nicht wieder.

Die Straße vor ihnen öffnete sich zum Hauptzufahrtsweg des Flughafens. In der Ferne sah Adrian Blaulichter – das Gamma-Team, das die Verfolgung aufgenommen hatte.

«Da!»rief Alpha-4 und zeigte auf einen dunklen Lieferwagen, der mit hoher Geschwindigkeit auf sie zukam.

Adrian riss das Steuer herum, positionierte den Wagen quer über die Straße, um eine Barriere zu bilden. Sie sprangen heraus, Waffen im Anschlag, nutzten den Wagen als Deckung.

«BZSE! Stoppen Sie sofort das Fahrzeug!»schrie Adrian durch das Megaphon.

Der Lieferwagen verlangsamte nicht, schien eher noch zu beschleunigen. Adrian hatte eine Sekunde, um eine Entscheidung zu treffen.

«Runter!», rief er und zog seinen Kollegen hinter den Wagen.

Mit quietschenden Reifen versuchte der Lieferwagen, an ihnen vorbeizukommen, streifte dabei ihren Dienstwagen und geriet ins Schleudern. Für einen Moment schien er zu kippen, dann krachte er seitlich gegen eine Leitplanke und kam zum Stehen.

Adrian war sofort auf den Beinen, stürmte mit erhobener Waffe auf das verunglückte Fahrzeug zu.

«Aussteigen! Hände, wo ich sie sehen kann!»

Die Fahrertür öffnete sich langsam. Ein Mann taumelte heraus, die Hände erhoben – einer von Werners Handlangern, nicht Werner selbst.

«Wo ist er?»forderte Adrian, packte den Mann am Kragen. «Wo ist Werner?»

Ein Schuss zerriss die Nacht, und Adrian duckte sich instinktiv. Hinter dem Lieferwagen tauchte eine Gestalt auf – lang, dünn, mit einem unverkennbaren Gang.

Werner.

Er hielt eine Waffe in der Hand, zielte auf Adrian, ein kaltes Lächeln auf den Lippen.

«Agent Schäfer. Schön, Sie wiederzusehen.»

Adrian richtete seine eigene Waffe auf ihn. «Es ist vorbei, Werner. Senken Sie die Waffe.»

Werner lachte nur. «Es ist nie vorbei. Nicht für Männer wie uns.»

In der Ferne heulten Sirenen, das Gamma-Team näherte sich. Werner warf einen Blick in die Richtung, dann wieder zu Adrian. «Ihr Partner – wie hieß er? Jan? – hätte überlebt, wissen Sie. Wenn Sie schneller gewesen wären.»

Die Worte trafen Adrian wie ein Schlag, weckten die alten Schuldgefühle. Werner nutzte den Moment der Ablenkung und feuerte – nicht auf Adrian, sondern auf den Treibstofftank des Lieferwagens.

Die Explosion kam fast augenblicklich. Die Druckwelle warf Adrian zurück, ließ ihn hart auf den Asphalt prallen. Einen Moment lang war alles verschwommen, seine Ohren klingelten vom Knall.

Als er wieder klar sehen konnte, stand Werner einige Meter entfernt, immer noch mit der Waffe auf ihn gerichtet. Adrians eigene Waffe lag außer Reichweite.

«Ein Teil von Ihnen will sterben, nicht wahr, Schäfer?» Werners Stimme war fast nachdenklich. «Um die Schuld loszuwerden.»

Adrian starrte in den Lauf der Waffe, seltsam ruhig. War es das? War es der Grund, warum er immer wieder Risiken einging, warum er sich nie vollständig erlaubt hatte, zu leben?

Dann dachte er an Moritz. An sein Lachen, seine Wärme, die Art, wie er Adrian sah – nicht als den schuldbeladenen Agenten, sondern als den Mann, der er sein könnte. Der Mann, der leben wollte.

«Sie irren sich», sagte Adrian fest. «Ich will leben.»

Werners Finger spannte sich am Abzug, als plötzlich ein zweiter Schuss ertönte. Werner taumelte, ein überraschter Ausdruck auf seinem Gesicht, als Blut seine Schulter dunkel färbte.

Alpha-4 hatte von seiner Position aus geschossen. Werner, verletzt aber nicht besiegt, drehte sich um und rannte in Richtung eines nahegelegenen Wartungsgebäudes.

Adrian sprang auf, ignorierte den Schmerz in seinem Rücken von dem Sturz, und nahm die Verfolgung auf. Durch seinen Sturz hatte Werner einen Vorsprung gewonnen und verschwand in dem dreistöckigen Gebäude.

«Verdächtiger flieht in das Wartungsgebäude Sektor D», meldete Adrian ins Funkgerät. «Ich verfolge ihn. Benötige Verstärkung.»

Das Gebäude war schwach beleuchtet, voller Maschinen, Leitungen und Wartungsequipment. Perfekt für ein Versteckspiel. Adrian bewegte sich vorsichtig, Waffe im Anschlag, alle Sinne geschärft.

Ein Geräusch von oben – Werner hatte die Treppe genommen. Adrian folgte, immer wachsam für einen Hinterhalt. Im zweiten

Stock war es noch dunkler, nur Notlichter beleuchteten die langen Korridore.

Ein Schatten bewegte sich am Ende eines Ganges. Adrian beschleunigte seine Schritte, bog um die Ecke – und fand sich vor einer Tür, die zu einer Außenplattform führte. Sie stand offen, der Nachtwind wehte herein.

Mit größter Vorsicht trat er hinaus. Die Plattform war ein Wartungsbereich für die Lüftungssysteme, etwa fünfzehn Meter über dem Boden, mit einer schlichten Metallbrüstung als einzigem Schutz.

Werner stand am Rand, eine Hand an seiner blutenden Schulter, die andere hielt noch immer die Waffe. Sein Gesicht war eine Maske aus Schmerz und Wut.

«Es endet hier, Werner», sagte Adrian, seine eigene Waffe erhoben. «Werfen Sie die Waffe weg und ergeben Sie sich.»

Werner lachte, ein kaltes, humorloses Lachen. «Wissen Sie, Schäfer, der Unterschied zwischen uns ist, dass ich weiß, wann ich verloren habe.» Er blickte kurz über die Brüstung nach unten. «Und ich wähle meine eigenen Bedingungen.»

Adrian erkannte die Absicht in seinen Augen.

«Nein!»

Werner machte einen Schritt rückwärts, näher an den Abgrund. «Bis zum nächsten Mal, Agent Schäfer. In diesem oder einem anderen Leben.»

Mit einer plötzlichen Bewegung schwang er die Waffe hoch – nicht auf Adrian gerichtet, sondern an seine eigene Schläfe.

Adrian stürzte vor, aber es war zu spät. Der Schuss hallte über die nächtliche Plattform, und Werners Körper kippte nach hinten, über die Brüstung, in die Dunkelheit.

«Nein!», schrie Adrian, rannte zur Brüstung. Aber da war nichts mehr zu sehen außer Dunkelheit und dem entfernten Lichtermeer des Flughafens.

Er stand dort, die Waffe schlaff in seiner Hand, während die Erkenntnis ihn durchflutete: Werner hatte sich selbst gerichtet. Er hatte die letzte Kontrolle behalten, hatte Adrian die Befriedigung der Gerechtigkeit genommen.

Das Funkgerät an seinem Gürtel knackte.

«Alpha-Leader, Status?»

Adrian starrte in die Nacht hinaus.

«Verdächtiger… ausgeschaltet. Ich wiederhole, Werner ist ausgeschaltet.»

In diesem Moment fühlte er eine seltsame Leere. Keine Erleichterung, keine Genugtuung – nur die Erkenntnis, dass mit Werners Tod die Schatten der Vergangenheit nicht verschwunden waren. Sie waren noch immer da, aber vielleicht etwas weniger bedrohlich.

Er dachte an Moritz, und zum ersten Mal seit langem spürte er den Wunsch, nach Hause zu kommen. Zu jemandem nach Hause zu kommen.

Es war fast Morgen, als Adrian das BZSE-Hauptquartier verließ.

Die Nachbesprechung, die Berichte, die formalen Prozeduren nach Werners Tod hatten Stunden gedauert. Er war erschöpft bis in die Knochen, aber sein Geist war seltsam klar.

Moritz wartete im Besucherbereich, obwohl Adrian ihm gesagt hatte, er solle nach Hause gehen. Als er Adrian sah, stand er sofort auf, Erleichterung und Sorge in seinem Gesicht.

«Du siehst furchtbar aus», sagte er, als Adrian näher kam.

Adrian versuchte zu lächeln. «Danke. Genau was ich hören wollte.»

Moritz trat näher, seine Augen scannten Adrians Gesicht, seine Haltung. «Ich habe gehört, was passiert ist. Mit Werner.»

Adrian nickte langsam. «Er hat sich selbst getötet. Lieber das, als sich zu stellen.»

«Wie geht es dir damit?»

Die einfache Frage enthielt so viel – Verständnis, Sorge, die Bereitschaft zuzuhören. Adrian atmete tief durch.

«Ich weiß es noch nicht», antwortete er ehrlich. «Ich dachte, ich würde… etwas fühlen. Erleichterung. Abschluss. Aber da ist nur… Leere.»

Moritz nickte verstehend. «Das braucht Zeit.»

Er streckte eine Hand aus, und Adrian nahm sie, ohne zu zögern. Die Berührung war ein Anker, ein Versprechen von etwas, das weiterging, auch wenn ein Kapitel nun abgeschlossen war.

«Lass uns nach Hause gehen», sagte Moritz sanft.

«Nach Hause», wiederholte Adrian, und spürte, wie ein kleines, warmes Gefühl die Leere in ihm zu füllen begann. «Ja.»

Als sie das Gebäude verließen, dämmerte der neue Tag über Frankfurt. Adrian blickte zum Himmel, beobachtete die ersten Sonnenstrahlen, die die Wolkenkratzer in goldenes Licht tauchten.

Er hatte die letzten drei Jahre im Schatten gelebt, gefangen in Schuld und Erinnerungen. Jetzt, mit Werner fort und Moritz an seiner Seite, schien der Weg vor ihm offener, heller.

Es würde nicht einfach sein. Die Schatten der Vergangenheit würden nie vollständig verschwinden. Aber zum ersten Mal seit langem spürte Adrian die Möglichkeit einer Zukunft, die mehr enthielt als nur Pflicht und Wiedergutmachung.

Eine Zukunft mit Momenten wie diesem – Hand in Hand mit jemandem, der ihn sah, wie er wirklich war, und ihn dennoch mochte. Jemand, der bereit war, neben ihm zu stehen, sowohl in der Höhe als auch im freien Fall.

Als sie zu Moritz' Wagen gingen, lehnte sich Adrian leicht an ihn, erlaubte sich, Stütze zu suchen und anzunehmen. Moritz' Arm schlang sich um seine Taille, hielt ihn sicher.

«Wohin jetzt?», fragte Moritz leise.

Adrian dachte an die kommenden Stunden, Tage, vielleicht sogar

Jahre. An all die Möglichkeiten, die sich vor ihnen öffneten.

«Zusammen», antwortete er einfach. «Wohin auch immer, solange wir zusammen sind.»

Moritz lächelte, jenes warme, offene Lächeln, das Adrian vom ersten Tag an berührt hatte. «Das klingt nach einem guten Plan.»

Epilog: Neue Höhen

Drei Monate später

Die Mittagssonne strahlte vom wolkenlosen Himmel, als Adrian die Stufen zum BZSE-Hauptquartier hinaufstieg. Der Hochsommer hatte Frankfurt fest im Griff, und die Hitze flimmerte über dem Asphalt. Es war sein erster Tag zurück nach einem zweiwöchigen Urlaub – eine Neuheit für ihn, der jahrelang keinen Tag freigenommen hatte.

In der Eingangshalle begrüßte ihn die Sicherheitsbeamtin mit einem Lächeln.

«Willkommen zurück, Agent Schäfer. Dr. Brandt erwartet Sie in ihrem Büro.»

Adrian nahm den Aufzug in den dritten Stock, wo die Büros der

Abteilungsleitung lagen. Auf dem Weg dorthin begegnete er Thomas, der ihn mit hochgezogener Augenbraue musterte.

«Da ist er ja, unser Sonnyboy. Du siehst entspannt aus.» Er grinste. «Die Dolomiten scheinen dir gutgetan zu haben.»

Adrian lächelte leicht.

«Das haben sie.»

«Und die Gesellschaft sicherlich auch», fügte Thomas hinzu, sein Grinsen noch breiter.

Adrian ignorierte die Anspielung, obwohl ein leichtes Kribbeln durch seinen Körper lief bei der Erinnerung an die vergangenen zwei Wochen. Moritz hatte ihn zu einer Klettertour in die Dolomiten eingeladen – sein persönliches Paradies, wie er es nannte.

Es waren Tage voller Abenteuer gewesen, steile Felswände und atemberaubende Ausblicke, gefolgt von leidenschaftlichen Nächten unter dem Sternenhimmel.

«Dr. Brandt wartet», sagte er nur und setzte seinen Weg fort.

Die Direktorin saß an ihrem Schreibtisch, als er eintrat, umgeben von Akten und Bildschirmen. Sie sah auf und nickte ihm zu.

«Agent Schäfer. Setzen Sie sich.» Sie schob ein Tablet zu ihm herüber. «Der vollständige Abschlussbericht zum Werner-Fall. Die Staatsanwaltschaft hat alle Anklagepunkte gegen seine Organisation bestätigt.»

Adrian überflog das Dokument. Die Operation war ein voller

Erfolg gewesen – das Netzwerk zerschlagen, der Waffenschmuggel aufgedeckt, alle Beteiligten vor Gericht. Ein sauberer Abschluss, trotz Werners eigenem Ende.

«Gute Arbeit», fuhr Dr. Brandt fort. «Besonders unter den Umständen.»

Adrian nickte. Sie hatten darüber gesprochen – über seine Geschichte mit Werner, über Jan, über die Last, die er getragen hatte. Es war ein schwieriges Gespräch gewesen, aber notwendig.

«Danke.»

Dr. Brandt lehnte sich leicht vor, ihr Gesicht eine Spur weicher als sonst.

«Wie geht es Ihnen, Adrian?»

Die Frage überraschte ihn, auch wenn er sie hätte erwarten sollen.

Dr. Brandt war nicht nur eine strenge Vorgesetzte, sondern auch eine gute Beobachterin.

«Besser», antwortete er ehrlich. «Es wird nie völlig verschwinden, aber es ist leichter geworden.»

Sie nickte verstehend. «Gut. Das ist gut zu hören.» Sie griff nach einer weiteren Akte. «Ich habe einen neuen Fall für Sie. Nichts so Persönliches wie Werner, aber komplex.»

Sie erklärte die Grundzüge einer Ermittlung zu einer Serie verdächtiger Finanztransaktionen, die möglicherweise mit Industriespionage zusammenhingen.

«Ich möchte, dass Sie das Ermittlungsteam leiten», schloss sie. «Bestimmen Sie Ihre Mitarbeiter selbst.»

«Einschließlich externer Berater?», fragte Adrian.

Dr. Brandt lächelte leicht, fast unmerklich. «Wenn Sie Herrn Bauer meinen – ja. Seine Expertise hat sich als wertvoll erwiesen. Die BZSE arbeitet regelmäßig mit Spezialisten auf Vertragsbasis.»

Als Adrian ihr Büro verließ, fühlte er eine neue Leichtigkeit in seinen Schritten. Er würde wieder ins Feld gehen, aber diesmal nicht getrieben von alten Dämonen, sondern mit klarem Kopf und offenem Blick.

Moritz' Kletterhalle war am frühen Abend gut besucht. Adrian beobachtete von der Eingangstür aus, wie sein Partner einen Fortgeschrittenenkurs an der zehn Meter hohen Hauptwand anleitete. Moritz bewegte sich mit seiner üblichen Anmut die Wand hinauf, demonstrierte eine komplizierte Grifftechnik, während die Teilnehmer bewundernd zusahen.

In den Monaten seit dem Werner-Fall hatte Moritz sein eigenes Leben weitergeführt – die Industriekletterei, den Unterricht in der Kletterhalle, gelegentliche Bergtouren am Wochenende. Aber sie hatten einen Rhythmus gefunden, eine Balance zwischen ihren unterschiedlichen Welten.

Als Moritz Adrian an der Tür bemerkte, leuchtete sein Gesicht auf. Er sagte etwas zu seinem Assistenten und kletterte dann mit beeindruckender Geschwindigkeit wieder nach unten.

«Der Heimkehrer», begrüßte er Adrian mit einem breiten Lächeln und kam auf ihn zu. «Wie war der erste Tag zurück im Dienst der Nation?»

«Produktiv», antwortete Adrian. «Ich habe einen neuen Fall. Und Dr. Brandt hat grünes Licht für deine weitere Mitarbeit gegeben.»

Moritz' Augen funkelten. «Heißt das, ich darf wieder an Wolkenkratzern herumklettern und geheime Spionagegeräte installieren?»

«Möglicherweise.» Adrian konnte sein eigenes Lächeln nicht unterdrücken. Es war immer noch ein Wunder für ihn, wie mühelos Moritz Freude in sein Leben brachte. «Aber dieses Mal hoffentlich ohne Explosionen.»

Sie verließen die Kletterhalle und gingen zu dem kleinen italienischen Restaurant in der Nähe, das zu ihrem Stammlokal geworden war. Der Besitzer begrüßte sie wie alte Freunde und führte sie zu ihrem üblichen Tisch am Fenster.

«Ich habe übrigens mit Jans Frau gesprochen», sagte Adrian, als sie ihre Getränke erhalten hatten. «Ich besuche sie und die Mädchen nächstes Wochenende.»

Moritz nahm seine Hand über den Tisch. Er wusste, wie wichtig diese Besuche für Adrian waren, und wie schwer es ihm manchmal noch fiel.

«Soll ich mitkommen?»

Die Frage war einfach, aber bedeutungsvoll. Es wäre das erste Mal, dass Adrian Moritz in diesen Teil seines Lebens einführen würde – seine Verbindung zu

Jan's Familie, zu seiner Vergangenheit.

«Ja», sagte er nach kurzem Nachdenken. «Ich glaube, das würde ich gerne.»

Moritz drückte seine Hand. Keine großen Worte, keine dramatischen Gesten – nur diese einfache Berührung, die mehr sagte als tausend Versprechen.

Sie aßen, tranken und redeten über alltägliche Dinge – Moritz' neueste Kletterroute, Adrians Pläne für den neuen Fall, die Einladung zu Thomas' Geburtstagsfeier am Wochenende. Normale Gespräche, die vor einem Jahr noch undenkbar für Adrian gewesen wären.

Nach dem Essen schlenderten sie am Main entlang, die Lichter der Stadt spiegelten sich im dunklen

Wasser. Die Hochhäuser ragten wie leuchtende Riesen in den Nachthimmel – nicht mehr nur Arbeitsplätze oder Einsatzorte, sondern Teil einer Stadt, die Adrian langsam wieder als Heimat empfand.

«Ich habe übrigens etwas für dich», sagte Moritz und zog einen kleinen Schlüssel aus seiner Tasche. «Damit du nicht immer klingeln musst.»

Adrian nahm den Schlüssel, das Metall warm von Moritz' Körperwärme. Ein Schlüssel zu Moritz' Wohnung. Ein so einfaches Ding, und doch ein Symbol für etwas viel Größeres.

«Danke», sagte er leise.

«Du könntest ihn öfter benutzen, weißt du.» Moritz' Stimme war beiläufig, aber sein Blick intensiv.

«Zum Beispiel… jeden Tag.»

Adrian hielt inne.

«Fragst du mich gerade, ob ich bei dir einziehen will?»

Moritz grinste, halb verlegen, halb übermütig. «Vielleicht. Du verbringst sowieso mehr Zeit in meiner Wohnung als in deiner. Und dein minimalistisches Apartment ist ehrlich gesagt deprimierend.»

Adrian lachte leise. Es stimmte – seine eigene Wohnung fühlte sich in letzter Zeit immer weniger wie ein Zuhause an und mehr wie ein Ort, an dem er gelegentlich Kleidung wechselte.

«Ja», sagte er einfach.

«Ja?»

«Ja, ich will bei dir einziehen.»

Moritz' Lächeln war strahlend. Er zog Adrian zu sich und küsste ihn, mitten auf der Brücke, unbekümmert um die Passanten um sie herum. Es war ein Kuss voller Versprechen, voller Zukunft.

Als sie sich trennten, blickte Adrian hinauf zu den Sternen über der Stadt. Früher hatte er immer nur nach unten geschaut, gefangen in den Schatten der Vergangenheit. Jetzt, mit Moritz an seiner Seite, fand er sich immer öfter nach oben blickend – zu den Sternen, zu den Wolkenkratzern, zu all den Höhen, die noch zu erklimmen waren.

«Woran denkst du?», fragte Moritz, der seinen Blick bemerkt hatte.

Adrian lächelte. «An neue Höhen.»

Moritz' Arm schlang sich um seine Taille, warm und sicher. «Die besten Aussichten gibt es immer ganz oben», sagte er mit einem Zwinkern. «Das habe ich dir doch gesagt.»